少年陰陽師

しょうねん おんみょうじ

少年陰陽師 捌

夢的鎮魂歌

うつつの夢に鎮めの歌を

結城光流—著　涂愫芸—譯

重要人物介紹

藤原彰子
左大臣藤原道長家的大千金，擁有當代最強的通靈能力，因而成為異邦妖魔覬覦的對象，但也因此與昌浩結識。後來基於某些因素，半永久性地寄住在安倍家。

安倍昌浩
大陰陽師安倍晴明的小孫子。還是個菜鳥陰陽師，但潛藏著日本第一的資質。父親是安倍吉昌，母親是露樹。生性好強、耿直，最討厭的話是『那個晴明的孫子』。

紅蓮
晴明的式神，十二神將之一，別名騰蛇，擁有最強的通天能力。因為曾觸犯神將禁忌，周遭人大多懼怕遠離他，但是與昌浩邂逅之後，改變了他。

小怪（怪物）
昌浩的最好搭檔，總是陪在昌浩身旁。長相可愛，嘴巴卻很毒，態度也很高傲。它其實是十二神將之一紅蓮（騰蛇）的化身，性情剛烈，一旦面臨危險便會展露神將的本性，保護昌浩。

六合
十二神將之一，是經常隱形跟著晴明的木將，但是最近大多受晴明之命保護昌浩。沉默寡言、冷靜。

玄武
十二神將之一，擅長防禦之術。與同樣是神將的太陰，是有名（？）的『組合』。特徵是說起話來頭頭是道，跟他的外表不太搭調。

天一
十二神將之一，是個夢幻美少女。她和同樣是神將的朱雀是一對熱戀情侶，暱稱天貴（朱雀專屬稱呼），能使用移身術。

小妖們
無憂無慮、無拘無束，喜歡惡作劇的一群小妖。大叫一聲：『孫子！』再從上面跳下來壓住昌浩，已經成了慣例。

爺爺
歷代少見的大陰陽師安倍晴明，因為老喜歡耍昌浩，成了昌浩口中老奸巨猾的『老狐狸』。能使用離魂術回到二十多歲的模樣，多次幫昌浩解決了危機。

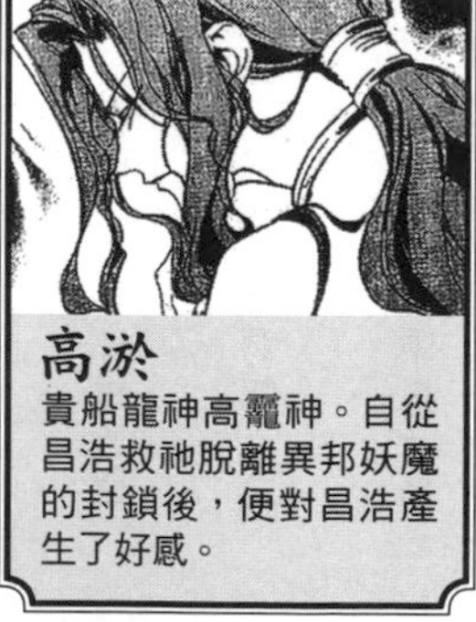

高淤
貴船龍神高龗神。自從昌浩救祂脫離異邦妖魔的封鎖後，便對昌浩產生了好感。

藤原行成
昌浩的授冠人、輔佐人，是個性格溫厚的年輕人。他兼任右大弁與藏人頭，在同世代中算是爬得最快的。

藤原敏次
大昌浩三歲，在陰陽生中最具實力。有點鑽牛角尖，但生性認真。

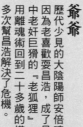

平安京地圖

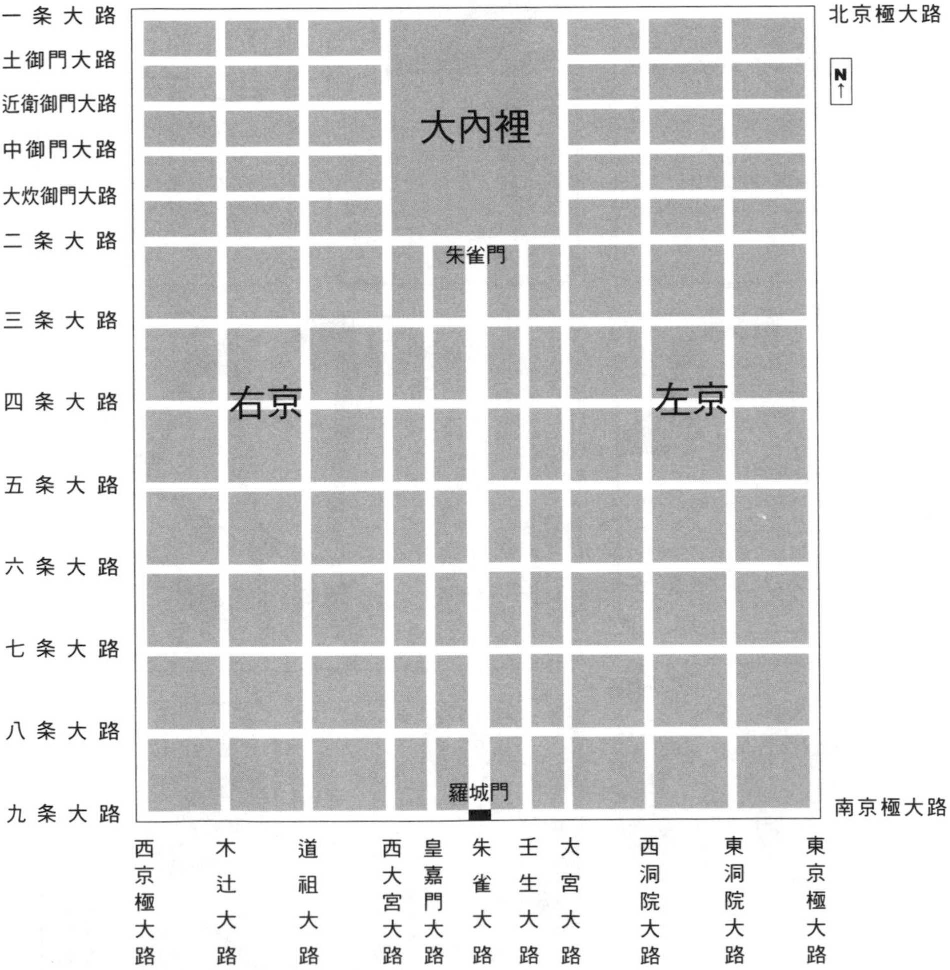
一条大路
土御門大路
近衛御門大路
中御門大路
大炊御門大路
二条大路
三条大路
四条大路
五条大路
六条大路
七条大路
八条大路
九条大路
北京極大路
N
大內裡
朱雀門
右京
左京
羅城門
南京極大路
西京極大路
木辻大路
道祖大路
西大宮大路
皇嘉門大路
朱雀大路
壬生大路
大宮大路
西洞院大路
東洞院大路
東京極大路

目錄

吹散記憶迷霧……007
追逐妖車軌跡……077
夢的鎮魂歌……129
玉帚掃千愁……225
後記……235

吹散記憶迷霧

1

小怪呵地打了個大呵欠，前腳交叉，縮成了一團。

彰子看著小怪，微偏著頭說：『喂，昌浩……』

她身在安倍家，正坐在曠世大陰陽師安倍晴明的小孫子昌浩的房間外廊。為什麼當代第一大貴族藤原道長的大千金藤原彰子，會在安倍家？在此，就不多做贅述了。

『你跟小怪是什麼時候認識的？』

彰子所說的小怪，就是剛才打了個大呵欠，擺出午睡姿態的白色怪物。

那模樣跟世上一般動物不一樣，是所謂的異形。

全身長滿白毛，看起來就像大貓或小狗，晃著長長的尾巴。長長的耳朵向後飄揚，脖子上圍繞著類似勾玉的紅色突起，四肢前端有五根爪子，額頭上有花般的紅色圖騰，閉著的眼皮下，是夕陽色的眼睛。

在以十一月來說還算溫暖的陽光中，小怪決定悠哉地睡個午覺。白色的毛看起來很溫暖，問它要不要蓋什麼，它只甩了甩白色尾巴。應該是不需要的意思。

昌浩看著小怪的背影，嗯地低吟，偏著頭說：『回想起來，已經半年多了呢！』

小怪與昌浩的邂逅，是在春天快結束的時候。

『我沒跟妳說過嗎？』昌浩眨眨眼睛，搔搔頭。『說來話長，發生過不少事……』

任憑思緒馳騁的昌浩，微微瞇起了眼睛。

※ ※ ※

那是經常映入眼簾的東西，總是在庭院的盡頭柔軟無力地飄蕩著。

但是，他不知道那是什麼。

所以他輕輕拉扯身旁祖父的袖子，提出長久以來的疑問。

『爺爺，那是什麼？』

『咦？』

祖父狐疑地皺起了眉頭，他指著庭院，又問了一次：『你看，就是黑色那個啊！』

祖父循著他的視線望過去，張大了眼睛。

『你看得到那個？』

祖父驚訝的表情和聲音，反而讓他覺得奇怪。

他還以為所有人都看得見，因為理所當然地在那裡飄蕩，所以沒有人說什麼，就那樣放著不管。

當時年幼的他，一直以為是這樣。

『這樣啊……』

祖父看著滿臉疑惑的他，苦笑了起來，然後舉起雙手，拍了兩下手掌。

可能是受到掌聲的衝擊，黑色東西們迅速往後退。但是並沒有離去，從遠處往這裡窺伺，保持一定距離軟綿綿地飄蕩著。

『呃……該怎麼辦呢？』祖父顯得有些困擾，自言自語地說著。『看得太清楚也不太好……』

祖父雙手環抱胸前，皺眉思索，面有難色。

就這樣過了一會後，祖父嘆口氣，伸出骨瘦如柴的手，遮住他的眼睛。

他乖乖讓祖父這麼做，聽到祖父輕聲唸著他還聽不懂的話語。

『好了，這樣就行了。』

祖父把手移開，他的視野又敞開來。

咦？他偏著頭，緩緩移動視線，環顧周遭一圈。之前一直在那裡飄蕩的黑色東西，統統不見了。他訝異地抬頭看著祖父。

『黑色東西都不見了呢！』

祖父骨瘦如柴的手輕輕撫摸著他的頭。

『這樣比較好。』祖父的嘴角泛起笑意。『你還小，現在最好不要看得見。』

要不然，很可能被發現，因而陷入危險。

祖父說的話太深奧，他聽不太懂，只想弄清楚一件事。

『永遠都看不見了嗎？』

這是他最擔心的事，但是為什麼擔心，他自己也搞不清楚。

祖父搖頭表示不會，沉穩地回答了他的問題。

『當你……』

2

一個少年垂頭喪氣，步伐沉重。

年紀約莫十二、三歲，頭髮在頸後紮成一束，留著劉海，還是天真的男童裝扮，一隻手抱著細細長長的包袱。稚氣未脫的臉上，露出世界末日般的晦暗表情。

少年無精打采地走著。

『昌～浩～』

有個東西蹬蹬蹬地跑著，精神奕奕地跟在他後面。

『昌浩！喂……昌浩，看著我啊！』

聲音一次又一次在背後叫喚著，但是少年既沒有停下來，也沒有回頭。

『喂，昌浩！……偉大的晴明的孫子！』

一直沒有任何反應的少年突然回過頭，放聲怒吼：『不要叫我孫子！』

『原來你有聽見啊？真是的，聽到有人叫你，就該應聲嘛！你媽媽沒教你嗎？在人際關係的建立上，問候跟禮儀很重要呢！』

昌浩把視線往下移，黯然地嘆口氣說：『你沒資格跟我談人際關係……』

『喔，是嗎？』

聲音的主人顯得毫不介意，突然用後腳直立起來，前腳俐落地環抱胸前，爽朗地笑了起來。那模樣看在任何人眼裡，都不像是可以談論『人』際關係的東西。

那模樣就像大貓或小狗，全身覆蓋著純白色的毛。長長的耳朵隨風往後飄揚，長長的尾巴搖晃著。四肢前端有五根銳利的爪子，脖子圍繞著類似紅色勾玉的突起。

直視著昌浩的眼睛是紅色。

白色額頭上，烙印著紅花般的奇特圖騰。

在昌浩的記憶中，人們會把這樣的東西稱為異形、妖怪或變形怪，要不就是怪物。

不管叫什麼，他都覺得沒必要跟非人的東西談論人際關係。
他無奈地嘆口氣，用手上的細長包袱敲敲肩膀說：『你幹嘛跟來？』
『有什麼關係呢，不用在意這種小事、不用在意。』
那傢伙灑脫地揮了揮一隻前腳，爽朗地回應，那樣子開朗得教人生氣。
昌浩拉長臉說：『我現在很傷心，你不要跟著我，煩死人了。』
『啊，是不是又被說沒有才能？果然是。』
被一語道破，昌浩啞口無言。看看右手上的包袱，沮喪地垂下頭。
包袱裡是橫笛，他在父親的介紹下，去見了知名的雅樂師，結果被雅樂師宣判說：
『為了你好，我勸你最好把音樂當成興趣就好。』
沒錯，他也知道自己吹得不好，但並不討厭橫笛，所以努力練習過。現在被下了這樣的最後宣判，怎麼會不難過呢？
所以昌浩無力地垂下肩膀，無精打采地走著。
精神奕奕地蹬蹬蹬走在後面的怪物，對著昌浩哈哈大笑說：
『你真沒用呢！虧你是那個大陰陽師安倍晴明的孫子。』
『你這隻怪物沒資格說我！』
昌浩立即大聲吼回去，又發出了今天不知道第幾次的深深嘆息。

安倍昌浩當年十三歲，過完下一個年就十四歲了，已經到了必須完成元服儀式、出仕的年紀了。

他們整個家族，幾乎都是靠同樣的職業維持生計。包括不管何時都會被冠上『曠世』頌詞的祖父安倍晴明、人稱『第一預言家』的伯父吉平、被視為『未來的陰陽寮長』的父親吉昌都是。還有年紀比昌浩大一輪的哥哥們、比哥哥們更年長的堂兄弟們，也幾乎都是從事相同的工作。

是的，安倍家的職業是陰陽師——不是官職的陰陽師，而是泛指使用陰陽術的陰陽師。要成為官職的陰陽師，必須進入陰陽寮工作。雖然也有民間的陰陽師，但是安倍家都是為皇宮工作的陰陽師，必須循序漸進，不斷磨練技術，徹底學會曆法、天文術等龐大知識。

這就是生在安倍家的男人必走之路。

然而，昌浩卻——

『……』

傍晚，無精打采地走在行人稀疏的三条大路上，他又誇張地嘆了口氣。

在安倍家族中，也有不少人是隸屬於陰陽寮之外的省寮①，這些人都有共通的原因，那就是他們都缺乏身為陰陽師非常重要的能力——通靈能力。
就算出生在安倍家，也未必會有這種能力，所以是無可奈何的事。沒有通靈能力就很難看清楚怨靈和妖怪，無法稱心如意地降魔，而且不能察覺自身的危險，所以他們必須選擇其他道路。
而這就是昌浩的煩惱。
『你既然是晴明的孫子，就趕快把在這附近遊蕩的靈魂，敏捷、俐落地送到他們該去的地方，或是降伏可疑的生物嘛！』
『你是說像你這樣的生物？』
『對、對，像我這樣的……不是啦！我就不用啦，我對人、畜完全無害。』
『是嗎？』
昌浩按著太陽穴，嘆了口氣。
最近，他一直過著每天都不得不嘆好幾次氣的日子，日子非常難過。
他沒有陰陽師最重要的通靈能力。
滿面愁容的他，緊咬著嘴唇。
以前，在他很小、很小的時候，的確看得到。他還有模糊的記憶，所以應該沒錯，家人們也都知道。

所以，昌浩的將來當然也是一條通往陰陽寮的康莊大道。

是的，親愛的家人並不知道昌浩在很久以前就失去了通靈能力，害他吃了不少苦頭。雖然次數不多，但是每次全家族聚在一起時，因為都能通靈，現場狀況簡直恐怖至極。

『我來這裡的途中，遇到一群小妖。』

『啊，現在還在圍牆外往裡面窺伺呢！』

『喔？真有精神。』

『對了，前幾天我看到妖怪在某個宅院搗蛋，就把它降伏了。看不到就更容易擔驚受怕，宅院主人差點生病了。』

他完全搭不上這些滔滔不絕的日常對話，總是躲在最後面，儘可能不引起任何人的注意。最怕的就是有人把話題丟給他。

蹬蹬蹬走在他旁邊的怪物，微瞇起一隻眼睛說：『不要再東試西試了，下定決心當個陰陽師吧！反正你又沒其他才能，我覺得這麼做是最明智的選擇啊！晴明的孫子。』

『不要叫我孫子！』

昌浩大吼後，又深深嘆了口氣，不禁想起飽受這種折磨的開端。

時間要回溯到幾個月前。

年初時，父親吉昌把他找去。吉昌看著乖乖端坐的小兒子，眼神柔和地說：

『差不多該替你舉辦元服儀式了。成親他們在你這個年紀都已經出仕了，你算晚了一些，我會卜個吉日定下來。儀式完成後，你就是大人了。』

通常，貴族子弟都希望早點完成元服儀式，因為愈早完成就愈早邁向出人頭地之路。昌浩十三歲，是該舉辦儀式了，這點無庸置疑，問題是在那之後。

『什麼嘛！還說陰陽術要學的東西多到數不清，要我趁現在把以前學過的東西好好複習一遍。』

他不由得停下腳步，比手畫腳地強辯起來，怪物不解地插嘴說：

『你是在跟誰說話？』

『我在跟我自己說話，你不要老挑我毛病！』

昌浩又繼續說：『所以我就說了。』

『喔？』

『我說不如趁現在拓展視野，也試試其他領域，譬如笛子、書法或武術等等。』

怪物嗯嗯地點著頭。

吉昌很疼愛這個自己年紀大後才得到的小兒子，所以勉為其難地答應了他。

從那時候到現在。

他真的嘗試了種種領域，但是，都被下了『不可能有成就』的殘酷保證。

遠處傳來嘎嗟嘎嗟的車輪聲，他回過頭，看到牛車向這裡靠近，趕緊閃到路旁，看著牛車從自己前面經過。那裡面應該是坐著有相當地位的貴族，正在回家的路上吧！

他這麼東想西想時，腦中突然浮現已經出仕的兩個哥哥。

『兩個哥哥都已經結婚了，所以父親對我這個最後的小兒子向來很寬容，可是，也差不多到極限了。』

怪物毫不留情地回應垂頭喪氣的昌浩說：『長子成親不久前升上了曆法博士吧？不愧是被視為「未來陰陽寮長」的吉昌的兒子，仕途平步青雲呢！』

昌浩瞪怪物一眼說：『你這隻怪物，知道得真清楚。』

『不要叫我怪物。』

就因為遇上了這隻半瞇著眼回嘴的怪物，一切都糟透了。

3

在父親提起元服一事的兩個月後，正是遲來的櫻花綻放的時節。

昌浩為了請大書法家評鑑他的天分，特地登門造訪。結果，大書法家說出仕後用在工作上應該沒有問題，講得很委婉，但顯然是在告訴他『你沒有天分』。

傷心的十三歲少年昌浩，沮喪地癱坐在京城郊外的大柏木樹下。

那隻稀奇古怪的怪物，就在這時候掉下來了。

撲通落地。

『……』

昌浩看著不知為何興致特別高昂，蹬蹬蹬走在他旁邊的怪物，想起當時的事。

不知道為什麼，他就是清楚記得那時候的事，清楚到教人生氣。

撲通落地的怪物，皺起眉頭呻吟了好一會，眼角甚至浮現淚光，還用人類無法理解的話語叫著：『……好痛。』

這樣折騰了大半天後，才發現昌浩茫然的視線，不悅地瞇起眼睛說：

『看什麼看！』

被瞪的昌浩只是呆呆看著它。

哇！怎麼看都是隻怪物，怪物竟然會摔下來，實在夠愚蠢了……咦？

昌浩凝視著怪物，在心中仔細思索，終於察覺一件事，不解地偏起頭來。

這是怪物，所謂怪物就是怪物，就是一般人看不到的非人異形。

難道是自己的通靈能力恢復了？如果是，就可以順周遭人的意，義無反顧地邁向陰陽師之路了。神啊，謝謝您！

種種思緒一湧而上，昌浩振奮地問怪物：

『喂、喂，除了你之外，這附近還有沒有其他怪物？』

這是為了謹慎起見的最後確認，只要怪物回答沒有，就可以確定今天是他的通靈能力復元紀念日。

但是，怪物立即回他說：『有。』

昌浩頓時全身僵硬，怪物重整姿勢，很詳細地告訴他，怪物在那裡、那裡跟那裡。

人生就是這麼不能盡如人意。

他垂下肩膀，流露出世界末日般的神色，哀怨地瞪著怪物說：

『……為什麼我看得見你？』

悠哉地走在旁邊的怪物，聽到他說出跟當時同樣的話，偏著頭說：

『那是因為我很長命、很偉大，所以像你這種應該看不見的人，也看得見我。』

很開心似的哇哈哈笑得前俯後仰的怪物，突然一本正經地說：『原來你想起那麼久以前的事，沉浸在感傷中啊？這樣不行喔！人生苦短，你要更積極向前看才行。』

『一個月不到就叫很久以前的事啊？』

身為怪物，卻滔滔不絕論述人生，感覺真的很奇怪。

昌浩帶著嘆息說：『如果我是陰陽師，就把你這種怪物降伏得一乾二淨。』

他想如果真能那樣，應該就可以過著平靜祥和的生活。

第一次見到他時，怪物仔細打量他後，滿臉驚訝地大叫說：

『啊，你不就是「那個」晴明的孫子嗎？忘了是哪時候，跟晴明走在一起的就是你吧？對了，你差不多該舉行元服儀式了吧？大家都說又要多一個麻煩的陰陽師了。』

說真的，你爺爺怎麼會那麼強呢？這樣下去，像我們這種通情達理的膽小妖怪、無害的百鬼夜行、低調過著生活的變形怪，永遠也不得安寧。而且，安倍家族還接二連三出現優秀的陰陽師，像我們這種膽小妖怪，下場真的很悲哀呢！

——自稱『膽小妖怪』的怪物，神采飛揚地說得口沫橫飛。

這個怪物話真多啊！昌浩有點不耐煩地聽著，劈哩啪啦說個不停的怪物突然冒出一句：『喂，你有沒有在聽啊？孫子。』

因為不知道名字，所以那是很當然的稱呼，但是正好戳到了昌浩的痛處。

我叫昌浩。晴明的孫子又怎麼樣？安倍的血緣又怎麼樣？就不能走其他路嗎？可以的話，我也想當個陰陽師讓父親高興啊！可是不管我怎麼掙扎都沒有用啊！我不是拚了命在暗中摸索嗎？你這隻怪物什麼都不知道，不要說得好像你有多了解……！

他氣得把心中激動的情感一股腦兒吐了出來，喘得肩膀上下抖動。怪物卻很平靜地反問他：『對了，你在這種地方做什麼？晴明的孫子昌浩。』

『——』

昌浩在他十三歲的春天領悟到一件事，那就是人氣到最高點時，什麼都無所謂了。

『現在回想起來都還覺得生氣。』

昌浩從回憶中拉回到現實，皺起眉頭嘀咕著。怪物大笑說：『人類有「遺忘」這個了不起的專長，你要忘掉不開心的事，迎向嶄新的未來才行。』

那種極度開朗的樣子，好像在對昌浩說『我今天也過得很順利呢』！讓他覺得自己這樣胡思亂想、徒增煩惱，似乎有點愚蠢。

他大大嘆了口氣。

晴明的孫子。

現在回想起來，就是這句話堵住了他的嘴。

以後無論走到哪、做什麼，『安倍晴明的孫子』這個稱呼都會緊跟著他，就像父親和伯父老是被稱為『安倍晴明的兒子』那樣。

就在他胡思亂想，眼角發熱時，地面發出了嗞嗞嗞嗞的巨大聲響。

他立刻停下來觀察四周。

在很前面慢吞吞走著的牛車，突然發出巨響，裂成了兩半。牛車上的公卿貴人慘叫一聲，被拋到半空中，就那樣消失了。

『怎麼會這樣……？』

隨扈們搞不清楚狀況，驚聲尖叫。被異常狀態嚇到的牛，發出尖銳的叫聲發狂暴動起來。

然後，這次換牛突然消失不見了。

地面又發出巨大聲響，牛剛才所在之處的地面高高隆起，塵沙飛揚。

受到驚嚇的兩個隨扈迅速逃離了現場，只留下牛車的殘骸。

『怎麼回事……？』

被異常景象嚇得呆若木雞的昌浩，全身僵硬得動不了。

人、牛都突然消失了，怎麼會有這種事？

正當他茫然地看著牛車殘骸時，不知從哪冒出來的紅紅的東西，撲通掉在他旁邊。

『這是……什麼……』

昌浩的視力很好，仔細看了看後，很快就看出掉落的東西是有兩隻角的牛頭，變成紅色是因為沾滿了血。

『喂！昌浩，快離開這裡。』

怪物緊張地催促昌浩，繞到他背後，兩腳直立起來，推著他的腰往前走。

『為什麼？剛才那是妖怪之類的東西吧？可以就這樣丟著不管嗎？』

有人在他眼前遭到攻擊，很可能被吞下肚了。他從頭到尾看得清清楚楚，可以什麼都不做就離去嗎？

怪物目瞪口呆地對昌浩說：『你就是心地善良，可是，你是看不到才會這麼說。那傢伙很嚇人呢！一口就把那麼大的牛吞了。』

『啊?!』

昌浩瞪大眼睛，心想難怪牛瞬間就不見了。也就是說，那傢伙從土裡鑽出來，從下面把牛車扯成兩半，先咬住公卿貴人活吞，再一口吞下整隻牛，然後又鑽回土中。

『真、真的很巨大？』他邊快步離開現場，邊膽戰心驚地問。

走在他旁邊的怪物用力地點著頭說：『真的很大呢！嘴巴大概有八尺長吧！』

『嘴巴？』

昌浩發出僵硬的聲音，怪物立刻點頭表示沒錯。

『晴明或吉昌當然沒問題，你就不是對手了，你只是個孫子。』

又被說成孫子，很難不生氣，可是怪物說的是事實，他只能默默往前跑。

跑了好一會，到了差不多可以放心的地方，放慢腳步時，怪物大概懶得再自己走路，縱身跳上了昌浩的肩膀。
『啊，好累、好累，做了超出預定的運動。』
昌浩露出欲言又止的表情，停下腳步。怪物在他肩上，嘎吱嘎吱轉動脖子。
看看四周，沒有任何異狀。不過自己什麼也看不到，說不定危機就在身旁。
太陽就快下山了，路上幾乎沒有行人。很可能是因為那個看不見的妖怪，京城裡的人們都盡量不在夜間外出。
黃昏是逢魔時刻。
昌浩陷入沉思好一會後，狠狠瞪著還厚臉皮坐在他肩上的怪物。
『沒大沒小的怪物……』
怪物不高興地用紅色眼睛反瞪回去。
『喂，你可不可不要再叫我「怪物」了？「怪物」通常是指那些會對人作祟的死靈，你是晴明的孫子，犯這種錯誤會被嘲笑。』
昌浩皺起眉頭。
總括為會危害人類的『非人東西』，並不是什麼大錯，這個怪物還真斤斤計較呢！
『那就叫妖怪。』
『錯是沒錯啦！可是沒什麼味道。』

應該有更適合我的那種既高尚、叫起來又響亮的美麗名字。
怪物戲劇性地比手畫腳熱烈發言，但是都被昌浩當成了耳邊風。
『那麼，就叫異形。』
『喂，那也不對啊！晴明的孫子。』
『不要叫我孫子！』
昌浩反射性地對怪物齜牙咧嘴。
看來，無論走到哪，『晴明』的名字都是高峻陡峭的牆壁、山嶽。
昌浩啪唏拍掉了肩上的怪物。
『既然你這麼不滿意，就自己報上名來啊！我可以叫你那個名字。』
聽到半瞇起眼睛的昌浩這麼說，搖搖晃晃著地的怪物，臉色突然凝重起來，抬頭看著昌浩。
『——』
那眼神跟剛才有些不一樣，昌浩連眨了好幾下眼睛，回看怪物的雙眸。
看著看著，突然發現——啊！這雙眼睛的紅，跟夕陽是同樣的顏色。
默默凝視著昌浩的怪物，眨一下眼睛開口說：『——我不能告訴你。』
說得那麼神秘，讓昌浩大動肝火。

『為什麼？我只是問你叫什麼名字，有什麼不能說的？』

怪物搖搖頭說：『名字是有含意的東西，不能隨便告訴別人……怎麼，你連這種事都不知道啊？虧你是「那個」晴明的孫子。』

『那個』的地方，還故意加強了語氣。

昌浩聽到從大腦某處發出了某種東西斷裂的尖銳聲響。

『那麼，我就叫你怪物的小怪！決定啦！』

他擺出劍道揮劍下劈的姿勢，堅定地指著怪物發佈宣言。

怪物目瞪口呆，吊著下巴、嘴巴大張。但很快又啪答啪答閉上嘴，振作起來抗議。

『什、什麼？我有更漂亮、更高尚的名字呢！什麼小怪，太過分啦！』

『小怪小怪、怪物小怪！決定了！回家吧。』

轉身走回家的昌浩，不知道為什麼覺得腳步輕盈了許多。跟怪物之間的舌戰，似乎淡化了剛才還積壓在心中的沉重感。

緊跟在昌浩後面的怪物，突然回頭往後看。

某種東西蠢蠢欲動的氣息悄悄蔓延開來。

怪物夕陽色的大眼睛閃過憂懼的光芒，但是，很快又眨了一下微瞇的眼睛，迎頭趕上昌浩。

4

父親吉昌一直憂心忡忡地等著天黑後才回到家的昌浩。

昌浩一回來就被叫去，早已猜到父親要跟他說什麼。心情沉重地走到父親房間時，父親正坐在矮桌前看著書。

『啊，你回來了？在那裡坐下來。』

在父親的催促下，昌浩默默地點點頭，坐在蒲團上。

經過一段沉默後，吉昌先起了話頭。

『結果怎麼樣？橫笛師藤原重清大人怎麼說？』

昌浩低著頭，啞口無言。

父親每次都會問結果，這是理所當然的事，但是對昌浩來說，那種心情如坐針氈。

總不能一直保持沉默，他只好回說：『他說歡迎我隨時去玩……』

隨時去玩？意思就是資質還可以，但不可能有成就吧？

吉昌聽他這麼說，沉下臉來，拿起桌上的扇子，不知道在想什麼，邊把玩扇子邊看著昌浩。

『你爺爺交給了我一封信……』

昌浩的視線掃過矮桌，困惑地皺起眉頭。

『他交給了我一封信……你要看嗎？』

昌浩眨著眼睛。

『信？爺爺寫信給我？我們同住在一個屋簷下啊！』

最近昌浩回家的時間不定，所以晚餐不見得碰得到面，可是，早餐還是碰得到。

祖父晴明在昌浩更小的時候，幾乎掌握了陰陽寮的最高實權，每天都很忙碌。現在他是藏人所陰陽師，很少入宮議事，生活看似悠然自得。

但是，其實他還是常常被公卿大人召來喚去，陰陽寮也偶爾會派人來，請他下指示。所以雖然看似退出了第一線，實際上還是穩坐最高位。

這麼偉大的晴明給的信，怎能不看呢……雖然很不想看。

『最好還是看吧？』

他從父親手上接過信，一攤開就看到漂漂亮亮的字體。

——安倍晴明是狐狸的兒子。

一般人聽到這種話，會受到很大的打擊，心想：我的祖父怎麼可能有那麼詭異的身世？但是，昌浩不一樣。

他聽到這句話先是張大了眼睛，然後嘆口氣，完全同意。

果然是……不，豈是『狐狸之子』那麼簡單？應該是他本身就是狐狸，絕不是什麼血脈相承之類的隔代遺傳，晴明本身絕對就是狐狸或怪物。

這一天，昌浩更確定了他這樣的想法。

晴明信上寫著：

『吉昌把所有事都告訴我了。昌浩啊！你說你不想當陰陽師是怎麼回事？爺爺非常、非常悲傷呢！回想以前，在你還懵懂未知時，老是跟著我後面叫著「爺爺、爺爺」，那樣子真的、真的好惹人憐愛。至今，你那稚氣可愛的模樣還烙印在我眼中呢！』

那又怎麼樣？昌浩額頭上爬滿青筋，繼續往下看。

『如果你怎麼樣都不想當陰陽師，那也沒辦法。並沒有規定身上流著安倍的血液，就一定要走這條路。但是為了顧全顏面，最好還是讓人家知道你其實有那樣的能力，只是選擇了其他道路。畢竟，你繼承了我安倍晴明所有的法術啊！』

沒錯，在昌浩懂事之前，晴明就把所有知識傳授給了他。這個曠世陰陽師把所有知識完完全全地傳授給了他的小孫子。

『所以，我要你試著去幫我做一件事。』

『啊？』

昌浩不由得尖叫一聲，視野掠過了紅紅的東西。

紅紅的東西——白底、紅色小花般的東西。

『喲，晴明的文筆不錯嘛！』

悠哉地發出讚嘆聲的就是那隻怪物。

昌浩驚訝得說不出話來。

安倍家有曠世大陰陽師安倍晴明佈下的結界，不管任何妖怪，未經允許都無法越過這道壁壘。

應該是無法越過。

但是、可是，眼前興致勃勃地看著晴明的信的這隻怪物，卻破壞了這個規矩。

從僵硬狀態恢復正常的昌浩，不由得指著怪物大叫：

『你、你……怎麼會在這裡？』

怪物卻還是一副悠然自得的樣子。

『咦？當然是從大門進來的。』

昌浩百思不解。

『我不是問你從哪進來的！』

他突然轉頭看父親。父親當然看得見這隻怪物，因為他可是『未來的陰陽寮長』、晴明的次男安倍吉昌。在陰陽寮中，他的實力應該也在前五名之內。

非拜託父親放過這隻怪物不可。

昌浩會這麼想，可見跟怪物之間已經培養出了友誼。

『父親，這傢伙對人無害，所以您可以放過他……父親？』

說到一半，昌浩訝異地叫喚父親。

難得慌亂的吉昌正驚訝地看著怪物，嘴巴張張闔闔，用顫抖的手指著白色異形。

『怎……怎……怎……！』

吉昌似乎想說什麼，但半天說不出話來。怪物抿嘴一笑，瞇起眼睛，甩著又白又長的尾巴，長長的耳朵往後飄揚。

『……』

吉昌什麼也沒說，垂下肩膀，把手抵在額頭上。

『父親，您怎麼了？』

昌浩慌忙詢問父親時，怪物又悠哉地插嘴說：

『他一定是太擔心小兒子的將來，累壞了。啊——當父親真的很辛苦呢！』

『你沒資格說話！』

昌浩往怪物後腦勺啪唏打下去，吉昌看得目瞪口呆，屏住了氣。
『昌、昌浩！』
聽到父親驚慌失措的聲音，昌浩趕緊端正坐姿。
『是！』
吉昌好幾次開了口又把話吞回去，最後滿臉疲憊地嘆了口氣。
『……沒什麼，你可以走了。』
『啊？』
昌浩雖然滿肚子疑問，還是聽從指示站起來，一鞠躬走出了房間。怪物也一副理所當然的樣子，大搖大擺地跟在他後面。
目送他們離去的吉昌，顯得極度疲憊，深深嘆了口氣。
昌浩回到自己的房間後，立刻一把抱起堆在房間角落的書籍、卷軸和冊子，放在矮桌上。
晴明在信上說：
『……我要你試著去幫我做一件事。聽說有異形在京城徘徊，人們都很害怕，也有不少殿上人找我商量這件事。已經鬧得這麼大了，想到人們的心情，我就好難過……』

但是，他有很多其他的事要忙，沒辦法立即處理，所以希望得到他所有真傳的小孫子，能幫他去降伏異形，並藉此證明自己的能力。

看得他一肚子火。

為什麼一肚子火？因為明快流暢的字句背後，隱藏著言語無法形容的感覺，刺激了他的神經。

『狐狸也敢大言不慚地說「好難過」？虧他說得出口。』

再加上最後那樣的結尾，要他不發脾氣恐怕也難。

『什麼「呵呵，你去降魔一下」嘛！說得好像要你去附近的山裡採藥草。』

從旁拉長脖子看著信的怪物這麼說，昌浩用力地點點頭。

『沒錯！就是那種感覺。小怪，你真了解呢！很好！』

『不要叫我小怪。』

小怪邊盯著堆滿周遭的書籍，邊頂回去。

昌浩慌慌張張地抽出一本書，急忙看了起來。

安倍晴明傳授給他的東西太多了。雖然大致上都裝進了大腦裡，但只是『學過』而已，他還不曾實際應用過。晴明詳細教過他降魔、咒法，但是他看不到使用這些法術的對象，所以真的只是『知道』而已。

而晴明卻要這樣的他去降魔。就算不知道他現在的狀況，也是有欠考慮的命令。

『爺爺在想什麼嘛！』

他邊罵邊翻書，從初級的初級開始複習，逐一喚醒沉睡在記憶深處的所有知識。

晴明的確很有耐心地把所有知識都教給了昌浩。

但是，怎麼會沒有任何預告，就突然叫這個做什麼都不行、說穿了就是不成材的孫子去降魔呢？

難道是癡呆了？還是太輕率了？

『我知道了，一定是爺爺老了，開始癡呆了，一定是這樣。』

他這麼說給自己聽，其實心裡很清楚，晴明比周遭的年輕人都精明，反應、判斷力、靈力也都還沒有衰退。

既然晴明下了命令，就表示他得一個人去降伏那些異形。

可是這種事也太荒唐了吧？畢竟自己對外還是個尚未舉行元服儀式的半吊子，既沒有正式學過陰陽術或做過修行，也沒有進入陰陽寮天天鑽研，只是跟著祖父學過而已。

自己只是一般孩子、晴明的孫子，儘管這是不太想承認的事實。

但是，此時由不得他說不。如果說不，晴明八成會這麼回應他——

果然道行還不夠啊？那麼就進入陰陽寮，每天鑽研，同時也在我的指導下，再從頭修行起吧！

這麼一來，大家就會知道他失去了通靈能力。

姑且不論晴明，光想到對他充滿期待的慈祥父親，他就覺得隱瞞這件事然後另謀出路，會是最平靜的解決方法。

然而……

昌浩嘆口氣。

『唉……』

那張暗自竊喜的老狐狸的臉浮現在眼前。

在外面，幾乎所有人都很尊敬晴明，但是對昌浩來說，打從出生以來，他就是個來歷不明的爺爺。八成是用什麼詭異的法術停止了身體的老化。不過，十多年來都沒有任何變化，也太不可思議了。他記得他出生時，爺爺應該差不多七十歲上下。

為了達成這個怪物般爺爺的期望，自己現在正拚得死去活來——

昌浩用力甩甩頭，想要甩去滿腔的憂鬱。

『不行不行，我絕不能敗給爺爺。』

昌浩全神貫注看著書，一旁的怪物興致勃勃地觀察著室內。

有時攤開卷軸來看，有時用前腳啪啦啪啦翻閱書籍，顯得很開心。

不久後，他的視線停在那些凌亂的書籍上，刻意嘆了口氣。

『唉！看完了就要收好嘛！這些書都是晴明收集來的吧？裡面還有寶貴得嚇死人的書呢！』

沒辦法，就讓親切又體貼的我來幫你整理吧！

怪物嘿喲一聲站起來，把散亂的書籍收集起來，看完的放回牆壁那堆書山裡，還沒看的挪到昌浩旁邊。

前腳俐落地抱著捲軸、後腳直立在房裡輕盈地走來走去的身影，掃過昌浩的視野角落，真是隻奇特的怪物。

東忙西忙的怪物可能是工作告一段落了，扭扭上半身各地方後，突然靠過來看昌浩手中的東西。

『你在讀什麼？陰陽術史？喲，這是基礎呢！也對啦，就算你可以順利進入陰陽寮，預習也是很重要的事。唉！進陰陽寮是好啦，可是拋開晴明不談，裡面還有吉平、吉昌、你的哥哥們、堂表兄弟們，以及家族裡的其他人，會很辛苦。』

『你很清楚呢！』

昌浩眼睛沒離開書，插嘴說。怪物得意地挺起了胸膛說：『當然啦！你不知道現在是資訊的時代嗎？我們不經常吸收新的資訊，就會逐漸被時代淘汰。』

是這樣嗎？

昌浩覺得好像哪裡不對，但是找不到反駁的話，所以沒有再說什麼。

不過，想到身旁這個怪物，他就對將來感到不安。

曠世大陰陽師安倍晴明的結界，竟然被這麼微不足道的怪物輕易破解了，這樣行嗎？佈設的結界會被怪物破解的這種陰陽師，竟然穩坐陰陽術、陰陽寮的最高地位，這樣行嗎？

向來很少動大腦的昌浩陷入沉思中。怪物問他：

『你這麼努力看書，就是決定聽從晴明的命令去降妖囉？』

『當然。』

昌浩用力點點頭，握緊拳頭展現決心，抬起頭說：

『看著吧！老狐狸，我決不讓你稱心如意。』

這幾個月來，吉昌都放任昌浩做他想做的事。如果正月時他就乖乖點頭同意，現在恐怕已經選好吉日，做好元服儀式準備，委託合適的貴族擔任授冠人，家族中洋溢著祝福本家么子成人的聲音了。

昌浩何嘗不想趕快成為獨立的大人呢？

著袴儀式②就是在準三歲時舉行，為什麼這次會有這麼大的落差呢？
當時他還很小，所以只是隱約記得，但是父親和哥哥們都跟他說過，所以他知道當時的情形。
聽說父親想親自辦理，晴明卻逕自在百忙中占卜吉日，選定了日子。而且，依慣例應由親族長輩們選擇的當天衣服，當然也是晴明這不行、那不行地精挑細選決定的。
那是很小的時候的事，所以昌浩完全不記得了。後來聽說時，只覺得難以置信。
因為昌浩五歲時，曾被晴明害得很慘。從此以後，他就再也不相信晴明了。
對昌浩來說，晴明這個人就是『不知道在想什麼的狡猾狐狸爺爺』。他知道爺爺很厲害，但是真的很懷疑爺爺到底愛不愛他。
外表很擔心他的樣子，內心說不定是等著看他出糗。大有可能，因為對方是隻老狐狸，他告訴自己絕不能掉以輕心。
總之，為了放任自己的父親，他無論如何也要完成祖父指派的任務。
要回想起來的東西太多，要重看的書也堆積如山，他都快昏倒了。
『喂！昌浩。』
『幹嘛？』
『你真的要去降伏妖怪？』

『去。』

昌浩答得斬釘截鐵。怪物懷疑地看著他說：『看不見還要去？』

昌浩動來動去看得人頭昏眼花的手，突然停下來。

『啊──』

怪物感嘆地垂下肩膀。

好強的心勝過了一切，這時候的他完全忘了一個事實，那就是他已經失去通靈能力，連要找到那些異形都不可能。

『剛開始你認為自己不可能成為陰陽師的理由是什麼？』

被戳破了唯一的最大問題，昌浩一臉茫然。

沒錯。

自己沒有最重要的通靈能力。

倘若出現在眼前的異形具有任何人都看得見的強烈妖力，或許還好；萬一它使用了隱形術，恐怕只能束手待斃了。

『真是的。既然你是晴明的孫子，就該表現出更謹慎、冷靜之類的理智精神，或是那種高深的感覺。』

如果你決定走陰陽師這條路，那麼，我覺得最重要的是向你父親、祖父等前輩們學習，在人格上也要有所成長。

昌浩緩緩轉向滔滔不絕地發表演說的怪物。

這個怪物剛才還指著三条大路上那隻來歷不明的妖怪，警告他千萬不要出手，因為那隻妖怪大得嚇人。

既然是同類，應該沒有問題。

昌浩把書放在地上，抓起還說個不停的怪物，舉到自己的眼睛前面。

『咦？』

怪物張大眼睛發出傻愣愣的叫聲，昌浩用半呆滯的眼神看著它說：

『你當我的眼睛吧？』

5

『真是連聽都沒聽過哪！』

聽到這句充滿感嘆的話，昌浩大吼說：『有什麼關係！』

在西洞院大路走著走著，昌浩不由得嘆了一口氣。

那隻怪物正神采飛揚地走在他前面。

不管是什麼理由，至今以來大概沒有請怪物幫忙『看妖怪』的陰陽師吧？可是怎麼樣都看不見，沒辦法啊！昌浩這麼說服自己。

你去降伏一下吧！

祖父晴明這麼命令他後，已經過七天了。

這期間，他纏著父親、拜訪哥哥，用心複習過陰陽師相關法術。

大哥成親是曆法博士，製作曆表是他的工作，所以昌浩向他請教幾乎忘了一半的曆表讀法、做法。但是，也深切感覺到自己在這方面沒什麼天分。

向父親吉昌請教的是天文相關知識、陰陽術、真言及神咒的意義，也就是所有必要的相關事項。在複習過程中，逐漸喚醒了小時候晴明對他說過的話，他不得不承認祖父的教導的確深植在他體內。

他怎麼樣都不願意請教晴明，所以在祖父面前都盡量保持低調。但是，祖父動不動就會對他說有問題儘管問，所以可能也有點擔心他吧！

不過，那只是可能，也像在等著看他笑話，所以很難說。

他自己做占卜，決定了降伏的日子。據說，那隻妖怪是在傍晚到黎明之間出沒，所以他算準時間走出了家門。

已經過了半夜，差不多快到寅時了。因為季節的關係，現在天亮得早，再過一個時辰，東方天空應該就會開始泛白了。

手上的火把已經燒完，幸虧今晚的月光十分明亮。雖然使用了在黑暗中也可以看得跟白天一樣清楚的暗視術，但是，第一次無法運用自如，只能做到稍微提升夜間視力的程度，所以月光是唯一的依靠。

今晚大概不會出現了。

他們特別選擇治安良好的地方巡視，所以沒碰到乞丐或強盜，而且走在前面的怪物也不會去那種它覺得有危險的地方。

昌浩悄悄把手伸進懷中。

放在衣襟裡的符咒是為了這一天精心製作的。他依照以前所學，集中精神、準備這次專用的全新毛筆和墨水、用陰陽寮供奉守護神的清水磨墨。

畢竟是第一次自己做的符咒，很擔心是不是有效。

其他還有在脖子上圍成兩圈的唸珠，以及結印和咒文……

『……所以我說……喂，晴明的孫子！』

『不要叫我孫子！』昌浩立刻吼回去，再反問怪物：『你剛才說什麼？』

因為他一直嘀嘀咕咕自言自語，沒聽到怪物剛才說了什麼。

怪物回過頭來，嘟著嘴說：『你要專心聽人家說話嘛！』

『你哪是人？你是怪物小怪。』

『不要叫我小怪。』

小怪很不高興地回他，他突然靈光一閃，奸笑著說：

『那麼，你就不要再叫我「晴明的孫子」。』

『這是兩回事。』

怪物斷然回絕他，停下了腳步。

『我說昌浩，你有沒有問過晴明，這是隻怎麼樣的妖怪？』

昌浩搖搖頭。

『沒問，不過應該沒多厲害吧？』

他只聽說在京城大街上出沒。被小怪這麼一問，才想到自己連受害情況都不清楚。

不過，應該是爺爺認定連他也能應付的對手吧？

『再怎麼說，爺爺都不可能叫我去降伏我根本應付不來的強大妖怪吧？』

晴明畢竟也是人家的父母，自己又是他的孫子，他應該還不至於做出那種沒血沒淚、罪大惡極的事——昌浩這麼想。

但是，怪物面對樂觀的昌浩，露出了嚴肅的表情。

『你呀……』

怪物停頓一下，用同情的眼神看著昌浩。

『最近在京城徘徊的妖怪，就是上次我們遇到的那傢伙。』

昌浩眨了一下眼睛。

『上次……？』

怪物點點頭表示沒錯。

『在三条大路攻擊牛車，把公卿貴人跟牛一口吞下去的那個。』

『一口……？』

『沒錯，一口吞下去。』

裂成兩半的牛車突然浮現腦海，還有被拋到半空中後突然消失的貴人、撲通落地的血淋淋的牛頭。

『聽說最近很多人那樣被吃了，貴族中也傳出有人受害，不是牛車的牛被吃了，就是本人沒事，但隨扈不見了。這種事接連不斷發生，所以晴明才採取了行動。』

陰陽寮也有為數不少的術士，卻跳過他們直接找上了晴明。

可見這是除了晴明之外，沒有人能應付的事。

月光下，昌浩的臉逐漸變得蒼白。

怪物露出哎呀呀的感嘆表情。

也難怪啦、也難怪啦！他畢竟是今天初次登台的菜鳥陰陽師，經驗值低到恐怕連陰陽師都稱不上，還看不到妖怪，只不過是名門安倍家的么子。

儘管融會貫通了，在書上學到的東西，還是跟實戰相差太遠了。

『通、通常會從簡單的案子開始吧？譬如有人說肩膀沉重，就去幫他消除沉重的原因。』

『是啊，去幫他按摩或敲敲肩膀。』

怪物小怪嗯嗯地回應昌浩。滿腦子只想逃避現實的他，覺得小怪在這方面還滿能配合的。

可是，等、等一下……

爺爺竟然把那麼可怕的妖怪推給了他？多麼可惡的爺爺啊！既不是狐狸所生的孩子，也不是狐狸，根本就是魔鬼。

『總之……』昌浩甩甩頭，心想：『回家去吧！』

回去質問爺爺，視情況而定，他不排除動用武力。

對方是將近八十歲的老人，而自己正值十多歲的發育期，論腕力絕對不會輸——應該不會。

『好，改變原先計畫。回家啦！小怪。』

昌浩骨碌向右轉，邁出了步伐。但是不知為什麼，小怪沒跟上來。昌浩偏過頭問他：『小怪，你怎麼了？』

小怪還站在剛才的位置，定睛看著正前方，動也不動一下。

他覺得有風吹過來，是那種讓人很不舒服的特別溫濕的風。

昌浩回到怪物身旁，蹲下來放低視線。

『小怪，你是不是看到了什麼？』

他循著小怪的視線屏息凝視，但是，什麼也看不到。

身旁的小怪像白毛倒豎的貓般緊張，降低姿勢，警戒地瞇起了眼睛，額頭上的紅花般圖騰，顏色變得更深了。

『怎麼了……』

『就在附近。』

『咦？』

搞不清楚狀況的昌浩又張嘴想說些什麼。

就在這時候……從腳下傳來地鳴聲。

他還記得這個地鳴聲，就跟那時候一樣。

他知道最好趕快逃跑，腳踝卻像被什麼抓住了般，呆呆佇立在原地。

一股無法形容、令人厭惡的風飄拂著。

『昌浩，你在做什麼？快逃啊！』

白色尾巴拍打著他的腳，他狼狽地說：

『對不起，我動不了。』

『喂！』

小怪瞪大了眼睛。

昌浩是真的不能動了。他終於想到，是被妖氣震懾，手腳不聽使喚了。

是一股他自己並不清楚、但十分強烈的妖氣，讓他的四肢變得僵硬。

如果起碼知道來自哪裡，就可以毅然決然像逃離火災現場般逃之夭夭，但是，看不見的恐怖讓他連這樣都做不到。

『你振作點啊，晴明的孫子！』

小怪用半受不了的口吻斥責。昌浩搖搖頭說：『沒辦法，孫子也會怕啊！』

『都怪你想都沒想就接下這個任務才會這樣。好吧！我知道了。聽說以前晴明遇到異形時，曾經讓自己消失逃過一劫。』

當時他是跟老師賀茂忠行同行，眼尖的他發現有鬼接近，告訴了老師。

聽小怪這麼一說，他想到好像有聽過。

『使用當時忠行用的隱形術，說不定可以解決目前的危機。』

『誰會那種法術啊！』昌浩說。

小怪驕傲地挺起胸膛說：

『你當我是誰？我不但活得很長，又很偉大，當然會那種法術。』

『小怪，你太棒了！活那麼長沒白活！』

昌浩不由得鼓掌，毫不吝惜地稱讚小怪，小怪立刻回說『不要叫我小怪』。

『真是的，晴明的孫子起碼要會這種法術嘛！』

『不要叫我孫子！』

小怪把昌浩的抗議當耳邊風，邊嘟嘟囔囔地唸著，邊用尖尖的爪子在地面上嘎哩嘎哩地刻畫起文字般的東西。但是不管月亮多明亮，光靠月光還是看不清楚。而且是寫在深色地面上，所以幾乎看不見。

『老師，看不見。』

『喂、喂，你振作點嘛！晴明的孫子。』

『不要叫我孫子！』

地鳴聲又響起，小怪仰頭閉上了眼睛。

『哎呀！完了，被發現了，要過來了。』

『唔啊啊啊?!』

瞬間，腳底搖晃起來，小怪將站不穩的昌浩一把推開。

『唔哇！』

好大的力量，無法想像是來自那麼小的身軀。昌浩滾到了很遠的地方。

地面急遽隆起，某種看不見的東西攻擊了昌浩剛才所在的地方。

肉眼看不見的某種東西發出咚咚聲響，揚起漫天塵土，鑽進了土中。

小怪趁這時候衝到昌浩身旁。

『快逃！』

昌浩跳起來，跟著小怪拚命往前跑。

他們現在是在不見半個人影的朱雀大路上，兩個人在寬約二十六丈的道路上，沒命地抱頭鼠竄。

兩人左右左右呈Z字形奔逃，才剛跑開，剛才所在處的土就高高隆起，塵土飛揚，緊接著發出地鳴聲，震盪擴散到腳邊。

『這個妖怪真像在土海裡游泳呢！』

『你還說得這麼悠哉！』

昌浩大聲斥責小怪缺乏緊張感的語調。

在這裡被抓到，準死無疑。不管多狼狽，他都要活著逃回家，然後質問晴明，發洩他的不滿！

一股寒顫從腳底爬上來，小怪也難得變了臉色。

『停！』

可以馬上停下來，全拜昌浩的反射神經與運動神經之賜。

三丈前的地面急遽隆起，揚起沙塵，裂開一個圓圓的洞。

他不由得傻住了，糟就糟在這裡。

『昌浩！』

就在小怪的叫聲響起時，昌浩突然跌倒在地。

某種東西拖拉著昌浩的右腳。右腳踝上有被繩子纏住般的觸感，一股驚人的力量正企圖將昌浩拉進洞裡。

『腳好像被……』

昌浩跌得四腳朝天的身體被緩緩往前拖拉。小怪邊追上他，邊用前腳抓住昌浩的腳。

『是妖怪的舌頭，你撐住，不要被拖走！』

『什麼?!』

被它這麼一說，是有濕濕黏黏的感覺，噁心極了。

小怪所說的怪物的舌頭，以極慢的速度將昌浩的身體往前拖拉。

可能是好不容易抓到大餐，想花時間慢慢享用吧！

小怪伸出前爪、露出尖牙，對看不見的舌頭又抓又咬，再用四肢踹踏。但是它也以那樣的姿勢跟著被往前拖，力量顯然大大不如怪物。

『小怪，不要逞強，這樣下去連你也會被吃了！』

昌浩在被緩緩拖行中，企圖把小怪拉下來，但是小怪撥開了他的手。

『不要管我！你要是死在這裡，我會很麻煩！』

洞就近在眼前了。

昌浩有了痛切的感觸。

原來『看不見』是這麼令人懊惱的事，如果『看得見』該多好。

他注視著拚命想救自己的小怪。

這隻怪物是因為自己求它來，它才跟來的。如果不跟自己扯上關係，就不會被捲入這樣的麻煩。

對了！

他赫然張大眼睛，想到他現在非做不可的事。

就算看不見，應該也可以使用法術，脫離目前的險境。

『絕不能被吃了……！』

『沒錯！』

小怪回應他，用尖尖的爪子拚命撕扯妖怪的舌頭。

拉扯的力量稍微減緩了。

趁現在！

昌浩用自由的雙手結印。

『南無馬庫薩曼達巴沙啦旦坎！』

他拚命回想曾經學過的重要東西，許許多多的真言、驅魔咒法、降伏秘術。

『塔力茲、塔波力茲、啪啦波力茲、夏金玫、塔啦啦桑坦、歐兇比、索瓦卡！』

舌頭的觸感突然從腳踝消失，小怪的小小身體也同時被高高拋上了半空中。

『喔哇！』

『小怪！』

摔落下來的小怪，被看不見的東西打到，啪唏一聲彈向遠處。

『小怪！』

看到小怪像球般翻滾，昌浩發出悲悽的叫聲。

趴在大路上的小怪大概是想回應昌浩的叫聲，搖了搖白色尾巴。

還活著。

昌浩全身冒出了冷汗。

當他慌忙爬起來時，看不見的舌頭又纏住他的手腕，使出了驚人的力量。

他差點被拖倒在地，但是，這次硬是撐住了。

妖怪的力量大得出奇，不管他的腳多麼使力硬撐，還是被往前拖行，在地面上刻畫出兩條鞋子的痕跡。

他用右手抓住纏繞左手的那個看不見的舌頭，拚命在記憶中搜尋。

有沒有什麼可以立即見效的驅魔咒文呢？有沒有呢？愈來愈接近妖怪準備好的洞了，他得趕快想出來才行。

他愈急，腦袋裡的知識愈是離他遠去。

他咬住了嘴唇。

好不甘心，如果是晴明或吉昌，在這種時候絕對不會驚慌，會冷靜地分析狀況、看清楚局勢，以最有效率的方法應對。

自己是這麼的不成熟，只是個半吊子的『晴明的孫子』。那個令他厭惡的稱呼，就是這麼的沉重。

妖怪更加強了力量，他失去平衡，整個人往前栽，撞到手肘，害他差點因為疼痛和不甘心掉下淚來。

十二年的短暫歲月，在他腦海浮現又消失。

眼前閃過祖父送他出門時的身影。

那張臉沒什麼肉、滿是皺紋，嘴角總是帶著淺淺微笑，深邃的眼睛與意有所指的話語正好相反，閃爍著溫暖的光芒──那是昌浩從小看到現在的眼眸。

『爺爺……』

被緩緩拖向死穴的昌浩，整張臉都扭曲變了形。

曠世陰陽師安倍晴明──據說，是不管任何異形都會屈服於他的強大靈力的最高存在。

『爺爺，救我……』

他不想死。

憑著氣息，知道妖怪的大嘴巴已經逼近眼前，他用力閉上了眼睛。

『救我──！』

剎那間，響起了至今從未聽過的激烈咆哮聲，聲音裡帶著憤怒，是憤怒加強了咆哮聲的氣勢。

啪噠！

一滴雨滴落在昌浩臉頰上。

『……咦……？』

昌浩張開眼睛，清澄的月光映入眼簾。

沒有下雨，那這是什麼呢？

昌浩緩緩抬起頭來，瞪大了眼睛。

『小……怪……』

他茫然地叫了一聲，再也說不出話來。

小怪臉部扭曲，四肢抽搐，不知道用背部壓住了什麼。似乎有東西插入了它的背部，血從那裡滴落下來。

還有紅色水滴，從小怪額頭上的圖騰啪噠啪噠滴落。

昌浩無法轉移視線，在小怪的額頭中央響起啪唏的乾裂聲。

『趁現在……快想辦法逃走……！』

小怪顧不得往下滴的血，激動地說著，任由白色的身體被染得血跡斑斑。

昌浩眼睛眨也不眨一下地注視著小怪。小怪四肢顫抖著；好像頂著很重的東西，微微顫抖著。

——他看見了。

輪廓漸漸浮現，周遭充斥著濃厚得可怕的瘴氣漩渦。妖怪的血盆大口被小怪的背部卡住，闔不起來。纏繞在自己手腕上的是紫色、濕黏的細長舌頭。

昌浩看到了跟之前完全不同的景象。

小怪發現昌浩有了變化，鬆口氣，開心地笑了起來。

『你終於看得見了啊？』

昌浩的視野突然變得模糊扭曲，他不懂小怪為什麼還能露出那樣的表情。

『你在流血，要趕快逃走……！』

只要閃個身，小怪應該就能逃開，因為妖怪的目標從一開始就是昌浩。

但是，為了不讓妖怪閉上嘴、為了不讓昌浩成為食物，小怪動也不動一下。

『你不痛嗎？你在流血啊……！』

『當然痛。』

『那就走開啊！』

昌浩豁出去了，但是小怪也豁出去了。

『你死了我會很麻煩，我不想讓你死。』

『咦？』

『別再說了，聽懂了就快想辦法解決那條舌頭，快點逃走！』

『我不要！』

昌浩頑強地大叫：『犧牲你來救我，我一點都不高興！我的目標是不犧牲任何人，當個最頂尖的陰陽師！』

沒錯，這就是他一直以來的想法——即使通靈能力消失了，即便眼前有怎麼也跨越不了的存在。

突然，小怪的眼眸閃爍了一下。

『這句話……我收到了。』

那是跟之前明顯不同的聲音。

小怪抿嘴一笑，抬起頭。大概是背部被施加了強大的力量，它的後腳無力地彎折下來。

『小怪！』

『不要叫我小怪！』

小怪擠出顫抖的聲音，對屏住氣息的昌浩說：

『聽著，昌浩，我要告訴你我的名字。這個名字除了一個人之外，沒有人可以叫，是我獨一無二的至寶。現在，我將賜給你叫這個名字的權利……』

它將被背部流出來的血染得血跡斑斑的右前腳向前跨出一步，伸向昌浩的手腕。

『這種時候不要說名字的事！』

昌浩邊用力甩開纏繞左手腕的舌頭，邊把手伸向妖怪的牙齒，試圖救出小怪。但是，被小怪銳利的聲音制止了。

『你叫就是了，我允許你叫！』

昌浩啞然無言，注視著小怪。小怪也看著他，眨了一下眼睛，沉穩地笑了起來。同時，額頭上的圖騰也更加深了顏色。

就像一朵鮮紅的花。

『聽著，我叫紅蓮——紅色的蓮花。』

話才說完，小怪的爪子已經切斷了妖怪的舌頭，使出渾身力量把昌浩推了出去。束縛突然消失，再加上小怪驚人的力量，昌浩整個人向後翻滾。

當昌浩再抬起頭來時，整個人僵住了。

小怪的身體被舌頭捲起來，拉向喉嚨深處。就在白色身軀快消失在喉嚨深處時，血盆大口發出嘎吱聲閉起來了。

『啊……』

昌浩張大了眼睛。

——昌……浩、昌……浩！

從柏木摔下來、長相特別可愛、不合常理的親近人類的怪物。

——偉大的晴明的孫子。

不要叫我孫子！每當自己這麼頂回去時，它總是笑得很開心。

——名字是有含意的東西，不能隨便告訴別人。

當自己叫它報上名來時，它以正經八百的口吻這麼說。

現在卻告訴了自己它的名字，雖然擺架子說什麼我賜給你權利，總是告訴了自己。

告訴了自己那個名字，那個獨一無二的至寶。

——你死了我會很麻煩。

昌浩顫抖地握緊了拳頭。

它救了自己，用它的生命救了無能的自己，自己卻不能為它做什麼。它一次又一次地救了自己啊！

眼睛一眨，淚水就掉了下來。

這時候，耳邊響起某人的聲音：『哎呀！你看不見嗎？』

看不見。視野大大搖晃，怪異地歪斜著，昌浩看不見妖怪，也看不見夕陽色的眼睛。

『你叫就是了……』

那聲音跟要求昌浩叫他名字的聲音重疊……那是……

妖怪開始蠕動。

那個小怪被這隻又長又大的妖怪殺死了——

聽著，我的名字是……

昌浩閉上眼睛，大聲呼喊：

『紅蓮——！』

瞬間，光線在眉間爆開來。

6

當你真正需要時，就能看得見了。

所以在那之前，先把必要的東西都學起來吧……

✶ ✶ ✶

整個表皮漆黑、濕黏的妖怪，巨大得可怕，像極了海參或黑色蚯蚓。

突然，從它像是腹部的地方迸出火焰。

正要把昌浩一口吞下肚的妖怪，突然全身僵直。相隔一拍後，從大張的嘴巴噴出強烈的熱風。

妖怪遲遲沒有攻過來，倒是有個圓圓的東西把自己撈了起來。

昌浩不知道發生了什麼事，緩緩張開眼睛，一時呆住了。

他正跳上了半空中。

怎麼會這樣？難道是被吃下肚時，不會有痛楚或死亡的感覺嗎？

他完全搞不清楚狀況，慌忙四處張望。

是肩膀——他被扛在皮膚接近褐色的健壯肩膀上。

他只轉動眼珠子，環視周遭。

天空泛紅，空氣中帶著紅色鬥氣，強烈得讓人張不開眼睛。

灼熱的風打在臉上，昌浩直盯著被刺眼的火焰照出來的妖怪全貌。

血盆大口裡長著一排銳利的牙齒，嘴巴上面有兩個凹洞，是沒有一絲光亮的瞳孔。

看似脖子的地方，圍著一圈灰色筒子般的東西，下面的身軀埋在土裡。但是，纏繞它全身的火蛇似乎也鑽進土裡，緊緊困住了它。

他看得見了。這個完全復原的能力——至今以來多麼期盼的通靈能力，原來並不是消失了。

是的，他想起來了。

『是爺爺……』

同時，已經遺忘的光景就像被堵住的水潰決般，快速閃過腦海。

那是著袴儀式當天，昌浩覺得宴會很累人，待在晴明房間。就在那裡，他看到很多黑影般的東西。

但是當他指出那些東西時，晴明顯得很困惑，說他看得太清楚了。

為了避免他天真無邪的心被那些東西誘惑，晴明封住了他的力量。

無聲地降落地面後，昌浩被輕輕從肩膀放下來。

這是怎麼回事？

昌浩屏住氣息，茫然地仰望著那個男人。

個子高大，很適合『高聳入雲』這樣的形容詞。裝扮得像尊佛像，裸露的肩膀非常厚實，沒有贅肉。手臂上纏繞著細長的絲綢布條，在沒有風的狀態下飄揚著。

因為夜色昏暗，看不清楚顏色，但是，在火焰照耀下，可以看出及肩的一頭亂髮是深色。懾人的銳利雙眸往上揚，帶著淡淡微笑的嘴角隱約露出犬齒。下顎清晰的線條，往尖尖的耳朵延伸，額頭上戴著像是某種見證的金箍。

昌浩覺得全身血液倒流。

那不是妖怪之類的東西，當然也不是鬼。連昌浩都知道，只有一種東西會釋放出這麼強烈而清澈的神氣。

那就是神的眷族。

為什麼神會從妖怪的肚子衝出來？

男人看都不看全身冒著冷汗的昌浩，只管回過頭去望著妖怪。

全身被火蛇緊緊捆住的妖怪原本狠狠瞪著男人，突然間驚愕地大叫：

『你、你是騰蛇……！』

男人露出淒厲的笑容。

這時候，背後響起呆滯的聲音：『疼……舌？』

聽到傻愣愣的質疑，男人誇張地嘆口大氣，回過頭對昌浩說：

『喂、喂，你清醒點嘛！晴明的孫子。』

那是從來沒聽過的聲音，低沉渾厚。但是，那種說話語氣……

昌浩張大眼睛，很不禮貌地指著男人說：『你是小怪?!』

『我是紅蓮啦！你的記憶力真差，連剛才的事都不記得了啊？』

外貌、聲音都不一樣，但是，聽那語氣絕對沒錯。

昌浩的眼睛亮了起來。

『你果然是小怪！太好了，你還活著！……咦，可是，疼舌……』

看到昌浩滿臉疑惑，紅蓮嘆口氣，聳聳肩膀，單腳蹲下來，用銳利的爪子在地上嘎哩嘎哩寫著字——

『騰蛇』。

『騰……蛇……』

昌浩眨著眼睛。

這個名字好像在哪看過……不，是讀過，譬如在晴明的親筆書信中、在《五行大儀》③中、在……六壬式盤中。

他應該知道這個名字。

『你是爺爺的式神?!』

沒錯，那是十二神將之一的名字。在十二神將中，騰蛇掌管『驚恐』，是神將中最猙獰、兇狠的一個，也是擁有地獄業火的煉獄之主。

十二神將原本是陰陽占術所使用的六壬式盤上記載的神，所以，投入晴明指揮下的十二神將是式神——式盤之神。

仔細想想，戴在他額頭上的金箍，應該是投入晴明旗下的某種見證吧。

看到主人的孫子張口結舌地指著自己，紅蓮笑得很得意。沒有回答，就表示承認了。

整個人鬆懈下來的昌浩，又不解地問：『那你為什麼叫紅蓮……應該是騰蛇吧？』

紅蓮搖搖頭。

『我是叫紅蓮……這是晴明給我的名字，我很喜歡。』

除了一個人之外，沒有人可以叫的名字。

很久以前，曠世大陰陽師指著騰蛇操縱的業火說：

『誰說纏繞在你身上的火焰是地獄之火？分明是像綻放在水面上的傲人紅蓮嘛！』

騰蛇雖是十二神將，卻因他的屬性而遭眾人排斥。晴明真誠地對著這樣的他微笑，給了他名字。

『紅蓮』。

所以他是紅蓮。凡是有安倍家的血緣，又經過自己允許的人，就有資格這麼叫他。

『對了。』

紅蓮站起來，轉向妖怪，用低沉渾厚的聲音說：

『告訴你一件事，這小子是晴明的孫子，也是個菜鳥陰陽師。』

『什麼……?!』

已經被火焰折磨得動彈不得的妖怪，聲音中帶著熊熊怒火。

『既然你是可惡的晴明的親人，我絕不讓你活著回去！』

面對突如其來的強烈殺意，昌浩有些困惑。

『為什麼？』

『因為對妖怪來說，晴明是最大的天敵。』

紅蓮雙臂環抱胸前，回答得很乾脆，然後瞥昌浩一眼說：

『你最初的目的是什麼？』

被紅蓮這麼一說，昌浩才想起來。

他抿著嘴，走到紅蓮旁邊，瞪著妖怪說：『就是降伏這傢伙。』

他重整呼吸，打出手印。紅蓮看著他這麼做，輕輕舉起了右手。

出現在手掌上的紅色圓點，瞬間化成火焰燃燒起來。火焰像蛇般扭擺蠕動，向四方散去，襲向了還被剛才的火焰捆綁住的大蚯蚓妖怪。新的火焰鎖鏈纏繞妖怪表皮，把妖怪勒得更緊了。被火焰燒到的地方，發出嗞嗞聲響，冒起黑煙。

趁火蛇綁住妖怪時，昌浩莊嚴地唸起真言。

沒問題，現在自己很沉著，一定做得到。

『嗡、底巴亞吉夏、邦答邦答、卡卡卡卡、索瓦卡！』

被綁住的妖怪原本還拚命扭動著又長又大的身體，但是，最後的掙扎也被昌浩的真言封死了。

被火焰纏繞的妖怪，抖動一下龐大的身軀，變得僵硬。

昌浩解除印契，用右手打出刀印，緩緩舉起來。

『臨兵鬥者，皆陣列在前！』

在唸誦的同時，揮下刀印。

言靈化為神聖的刀刃，砍斷了妖怪。不一會兒，龐大的軀體爆開來，碎成了粉末。

看到龐大妖怪的最後殘渣四濺消失，昌浩整個人鬆懈下來，癱坐在路旁。

用全身的力量喘著氣。

抬頭一看，東方天際已經泛白，天就快亮了。

他打倒了妖怪。歷經種種危機、克服了許多恐懼，最後總算靠自己的力量降伏了妖怪。

一時之間還沒有真實感的昌浩，怎麼想都覺得自己是在做夢。
這時候，高亢爽朗的熟悉聲音傳入耳中。
『啊——累死我了。』
昌浩張大眼睛，猛地偏過頭去。
那隻白色怪物就在他旁邊，把後腳往前伸直，跟他一樣癱坐在地上。
『小怪！』
他眼眶濕潤地大叫一聲，怪物立刻變臉說：『不要叫我小怪，晴明的孫子！』
『不要叫我孫子！』
他反射性地張大嘴吼著。小怪抿嘴一笑，拍拍他的背說：『辛苦啦！』
『……』
這句意想不到的慰勞讓昌浩一時無言以對。他眨一下眼睛，默默看著小怪。
突然，小怪往上看。
昌浩也跟著視線上移，看到不知從哪來的白鳥，拍著翅膀飛落下來。
『鳥……？』
鳥飛到昌浩身旁時，瞬間變成了一張紙。
昌浩抓住飄落下來的紙，看到紙上排列著一長串漂亮的文字。

『……』

看著看著，昌浩的臉色愈來愈難看，眼角上揚、額頭青筋暴露。

小怪從昌浩旁邊窺視信上內容，不由得眨了眨眼睛。

『你要練到單手就能降伏那種妖怪的程度才行。　By　晴明』

『——』

昌浩的肩膀哆嗦顫抖起來。

也就是說，祖父晴明從頭到尾都躲在哪裡守護著他？不，應該說是看好戲，觀察自己的小孫子可以做到什麼程度。

如果判斷情況危急，或是撐不下去了，晴明大概就會親自下海吧？

當然，晴明讓十二神將騰蛇——紅蓮，化身為怪物跟在他身旁，就是不想擔這種心，但是，光這樣可能還是有點擔心……不，這樣會不會把祖父想得太好了？

既然祖父晴明在看，父親吉昌當然也在看。

自己這麼逞強、不顧一切往前衝，卻搞成這樣子。而且全在祖父和父親的預料中。

感情咕嘟咕嘟沸騰起來，心卻涼了半截。

可惡的老狐狸！他不知道該把這股怒氣往哪裡發洩。於是……

『那個可惡的爺爺——！』

他發出嘹喨的怒吼聲，響徹黎明的京城。

7

＊　＊　＊

『……』

看到昌浩突然沉默下來，彰子擔心地偏頭問：『昌浩，你怎麼了？』

『咦？啊！對不起……想到一些教人生氣的事。』

現在想起來，那是他收到的第一封式文。

為了讓自己冷靜下來，他先深呼吸再開口說：

『那就是我的第一次降妖，從那次開始，小怪都陪在我身旁。』

他望向小怪，小怪還是鼾聲大作，睡得很安穩。那樣子，真的很像一般動物。

彰子還不知道小怪的真面目，所以他只說了小怪救他的事，希望有一天可以把事實一五一十地告訴她。

從柏木摔下來的小怪，那之後一直待在這裡，協助昌浩。

感覺上好像很久以前就在了，但是仔細想想，才半年多而已。

『時間過得真快。』

昌浩環抱雙臂，感嘆不已。彰子笑著說是啊！

『對了，昌浩，原來你會的東西不少呢！我都不知道。』

矛頭突然轉向了他，他大吃一驚說：『咦？沒有啦！會是會，可是每個老師發給我的鑑定書都很奇怪，叫我當興趣就好。』

『這樣啊？可是，我還是想聽昌浩的音樂呢！下次吹給我聽。』

彰子天真無邪的一句話，讓昌浩全身僵硬起來。

小怪在半睡半醒之間，聽著他們兩人的對話。

昌浩說的幾乎都對，只有一件事不對。

昌浩和紅蓮的邂逅是在更早、更早以前——在昌浩剛出生時。

昌浩不知道。他不可能記得，不知道也沒關係。

因為小怪記得，記得昌浩第一次看著自己的眼神、無邪的笑容、伸向自己小指頭。

——紅蓮……

也記得昌浩搖搖晃晃地走著，用口齒不清的聲音第一次叫他名字那一天。

一切就像昨日般清晰，因為所有情景都刻印在他眼底、刻印在他心裡最溫暖的地方。

陽光和煦，讓人心曠神怡。

他知道昌浩拚命想逃開彰子的要求，但是，現在他只想睡覺。

所以，加油啦！晴明的孫子。

風吹得比剛才冷了一些，小怪的長耳朵在風中抖動了一下。

小怪的陰陽講座

①省寮：省是律令時代的官制之一，隸屬於太政官，分為八省。寮是附屬於省之下的單位。

②著袴儀式：幼兒第一次穿上和服褲裙的儀式，古時多在三歲時舉行。

③《五行大儀》：這是中國隋朝時的書，是陰陽術的基本教材之一，內容包括陰陽五行、相生相剋、天文等各種知識。

追逐妖車軌跡

夜幕低垂時，一個貴族正坐著牛車回家。

這個帶著牧童與兩名隨從的貴族，名叫藤原行成。是兼任右大弁與藏人頭的青年，在同世代貴族中發跡得最快。

最近常常發生神隱事件，所以天一黑，京城裡的人都會關上大門，乖乖躲在家裡不出來。

行成也很想早點回家，但是他的地位不允許他這麼做，常常要忙到夜幕低垂時才能離開皇宮。

『唉！都這麼晚了。』

他這麼自言自語時，耳邊傳來隨從的驚叫聲：『大人、大人，那是……！』

『怎麼了？』

他打開窺視窗往外看，看到隨從指的地方，嚇得說不出話來

有輛車正往這裡來，沒有拖車的牛，車子卻跑得飛快。

而且，通常用來掛布簾的地方飄浮著一張可怕的臉。

『怪、怪物……！』

行成慌忙從牛車下來，拖著呆若木雞的牧童逃跑，躲開直直往這裡衝過來的怪物。

牛發出慘叫聲，其中一個隨從在慌亂中拔起腰間的刀，砍斷車軛，牛搖搖晃晃地脫

離了牛車。

另一個隨從像腳生了根，站在原地動也不動。因為來不及逃，就那樣被妖車撞飛了。妖車接著衝向停止的牛車，牛車發出巨大聲響裂成兩半，接著妖車就揚長而去了。

受到驚嚇的牛趴在地上，發出悲慘的叫聲。

茫然若失的行成突然回過神來，看到被彈出去的隨從倒地不動了。

『義康！你振作點！』

另一個隨從叫著同伴的名字，行成和牧童趕緊跑到隨從身旁。

✱ ✱ ✱

進入十一月，就是寒冬了。

京城的冬天是酷寒，縫隙多的房子，只能任憑風吹雨打，冷得不能再冷。

大陰陽師安倍晴明的小孫子安倍昌浩，當年十三歲，把被子鋪在榻榻米上，蓋著層層衣服，再抱著白色的東西，睡得鼾聲大作。

昌浩抱在懷裡的白色生物，也一樣睡得鼾聲大作。

模樣像貓，大小像大貓或小型犬，純白色的毛看起來觸感不錯。長長的耳朵放在後面，額頭上有花般的紅色圖騰，四肢前端有五根銳利的爪子，脖子周圍圍著一圈類似勾玉的紅色突起。

這是隻非人的變形怪，昌浩都暱稱這個生物為『小怪』。

昌浩是陰陽寮的直丁，差不多該起床準備出仕了，他卻還沒醒來。

突然，一個嬌小的身影拉開門進來。那個身影跪在昌浩身旁，開始搖晃他的身體。

『唔……再讓我睡一下……』

昌浩緩緩伸出手來，把搖他的人拖進層層衣服裡。

『呀！』

響起輕微的驚叫聲，然而昌浩還是在半昏睡狀態中，沒有理睬。

拚命從衣服堆中爬出來的少女，紅著臉做了好幾次深呼吸。

『喂，你今天不是要出仕嗎？』

昌浩又被搖，只好勉強張開眼睛。恍恍惚惚看到來搖醒自己的人時，他腦中先是一片空白，然後突然張大眼睛跳起來。

『哇啊啊啊！』

『怎麼了？怎麼了？』

被抱在昌浩懷裡的小怪聽到叫聲也跳了起來。

『早安。』

彰子甜甜一笑，昌浩極力撫平撲通撲通猛跳的心臟說：

『彰子，妳不用來叫我啊……』

『別這麼說，我住在你家，當然要幫露樹阿姨的忙。』

露樹阿姨就是昌浩的母親。

『我不是那個意思……唉！算了。』

昌浩嘆口氣投降了。

彰子是四天前，因為某些因素被寄放在安倍家的少女。說是說寄放，但是並沒有期限，大概會半永久地留在這個家。

十一月一日，左大臣藤原道長的女兒進了後宮。那是四天前的事。入宮儀式進行得很順利，聽說住進藤壺的女御也過得非常好。

昌浩在入宮儀式前受了一點傷，所以請了幾天假沒去工作。但是，差不多都復原了，所以昨天晚餐時，他向大家宣佈明天開始工作。

他的確這麼說了。

然而，張開眼睛就看到彰子的這種情況，他還沒有做好心理準備，所以對心臟很不好。

原本舒服地躺在昌浩膝上的小怪，打個大哈欠插嘴說：『你差不多該習慣啦！乾脆坦然一點，跟她說「我希望今後都能一張開眼睛就看到妳」。』

昌浩後退一步，他想不到小怪會說出這麼驚人的話。

『不過，』小怪又接著說：『有人靠近你都沒發現，還睡得那麼沉，這怎麼行呢？晴明的孫子。』

昌浩的眉毛瞬間往上吊，狠狠抓起小怪，在它耳邊怒吼：

『不要叫我孫子！』

吃完早餐後，昌浩出了家門，往還微暗的皇宮走去。彰子特意送他到門口，讓他覺得渾身不自在。他一度回過頭看，看到彰子還站在那裡，笑咪咪地對著他啪答啪答揮手。他也跟著露出笑容，啪答啪答地揮手回應。

『好溫馨的光景，多麼祥和啊！』

小怪咻咻甩著尾巴說。昌浩半瞇起眼睛看著小怪，無言地嘆了一口氣。吐出來的氣都是白的，早晨的風冷得刺骨。

『好冷……』

嘎嗟嘎嗟發抖的昌浩，將藏在直衣裡的手交叉，摩擦雙臂，邊看著大搖大擺走在他旁邊的小怪。

『真羨慕你，小怪，那身毛皮看起來很溫暖。』

『才沒有呢！還是會冷，只是還沒冷到不能忍受的地步。』

悠哉地這麼說的小怪，在這個外表下，其實隱藏著另一個真正的身分。那個真正的身分完全不受季節的冷熱影響，所以小怪並不怎麼需要忍受。

昌浩打了一個大冷顫後，一把抓起小怪的身體。

『唔哇！』

昌浩不管大叫的小怪，把白色身體圍在脖子上。

『這樣可能會溫暖一點。』

『喂！我是防寒衣還是什麼嗎？』

『差不多吧？還有毛皮。』

『這句話很過分喔！晴明的孫子！』

『喂，不要叫我孫子！你這隻怪物小怪！』

『不要叫我小怪！』

昌浩和小怪顧不得會吵到旁人，展開了舌戰。不過，一般人看不見小怪，所以看在旁人眼裡，就是昌浩一個人又吼又叫吧？幸虧天還沒亮，幾乎沒有人經過。如果是大白天，大家可能會儘可能避開他，或不時地偷窺他，把他當成危險人物。想到這樣，昌浩趕緊閉上嘴，往皇宮走去。到了陰陽寮就有火盆，工作前稍微暖暖身子，應該不會被說什麼吧！

稍微加快腳步走在大路上的昌浩察覺到隨風而來的妖氣，停下了腳步。在昌浩肩上被當成臨時圍巾的小怪也抖一下耳朵，眨了眨眼睛。

『那邊……？』

『嗯，好像是。』

因為沒有使用暗視術，所以昌浩只能看到近處。而小怪的眼睛在黑暗中也可以看得很清楚，閃爍的眼眸是燃燒的夕陽顏色。

目不轉睛地遙望著前方的小怪，張大了眼睛。

『是車子……』

『車子？』這麼反問的昌浩，眼睛閃爍了起來。『原來是車子啊！』

大牛車發出嘎啦嘎啦的車輪聲，疾馳而來。沒有拖車的牛，是車子自己在跑，伴隨著慘白的鬼火。

車子跑到昌浩和小怪前面停下來，骨碌轉了個方向。直徑比成年男子身高還長的車輪中央，有個巨大的臉龐親切地笑著。

『是車之輔啊！出來散步嗎？』

昌浩開朗地問。被稱為車之輔的妖怪嘎吱垂下車軛回應。

這個妖怪個性溫和，對人沒有惡意或傷害的意思。雖然有點膽小，但很貼心，第一次遇見它時，它被昌浩嚇得驚慌失措，抱頭鼠竄。

昌浩追上了它，但是看它個性不錯，就放過了它。

昌浩追它是基於陰陽師的職責。儘管還是個菜鳥、還不可靠，但他終究是個陰陽師。

表面上，他是陰陽寮的直丁，全心全意做著雜事，私底下的任務卻是降伏危害京城居民的妖魔鬼怪，維持每一天的安寧。

『它問你要去哪？要不要搭車去？』

小怪在昌浩肩上，傳達車之輔的提議。車之輔聽得懂人話，但不會說。沒有小怪的翻譯，就很難聊得太深入。

『我要去皇宮工作，搭乘你去會把衛士們嚇死。你的好意我心領了。』

聽完昌浩的話，車之輔垂下車軛表示明白，然後轉身往西去了。

昌浩繼續往皇宮走，感慨地說：『它還是那麼貼心呢！』

『就是啊！昌浩，你也差不多該給它一點回報了。它每次都那麼好心載你，不回報它，你就沒資格當個人喔！』

昌浩支支吾吾無法回答小怪，皺起了眉頭。他心中是有想法，只是不知道能不能滿足車之輔。

到達皇宮後，昌浩跟守門的衛士打過招呼後，鑽過門就直接走向了陰陽寮。

今天好像特別嘈雜紛擾。

皇宮很大，很多建築是靠渡殿連接。昌浩是沿著庭院走向陰陽寮，他發現渡殿和庭院裡的各個角落，都有臉色蒼白的貴族聚在一起議論紛紛。

是不是發生了什麼事呢？

儘管擔心，昌浩還是快步走向陰陽寮，途中被一位年長的貴族叫住。

『安倍大人！安倍的孫子大人！』

昌浩的額頭立刻爆出青筋，坐在肩上看著這一幕的小怪露出『哎呀』的驚嘆表情。

昌浩在心中怒吼著：『不要叫我孫子！』臉上還是堆著笑容轉過身去。

『請問有什麼事嗎？』

叫住昌浩的人是參議大人榮善，也是藤原一族。

『發生大事啦！晴明大人怎麼說？』

『大事……？什麼大事？』

參議大人臉色蒼白，對皺起眉頭的昌浩說：『你不知道啊？孫子大人！連那個晴明大人的孫子都這樣，可見現在陰陽寮一定人手嚴重不足！』

『是我還不成熟……』

我的名字叫安倍昌浩，不是孫子，不要叫我孫子！

參議大人繼續驚慌地說：『右大弁行成大人被妖怪襲擊啦！』

『咦……？』

『其他還有式部的太夫、右衛門府佐①，也都被突然冒出來的妖怪襲擊，牛車被嚴重破壞，不斷有人受傷。晴明到底怎麼說呢？孫子大人！』

藤原行成是昌浩的授冠人兼輔佐人，元服儀式後，在各方面都對他非常關照，是個值得信賴的好男人。

行成被妖怪襲擊了。聽到這個消息，昌浩簡直坐立難安。

昌浩的工作，說白了就是在陰陽寮打雜。只要沒有任何活動，最晚在傍晚前就可以退出宮。只要申請獲准，也可以中午離開。

昌浩向同時也是上司的父親吉昌申請獲准後，午時就退出宮，趕去了行成大人的府邸。

行成因為遇到妖怪，染上了髒東西，所以請凶日假待在家中。

吉昌彷彿成了排山倒海而來的妖車災害陳情處理人，擔心這種狀態的左大臣，隨時可能對陰陽寮下達降妖的指示。而且，聽說怪物騷動是好幾天前就開始了。

『都怪我這幾天請假，躺在床上。』

昌浩快步走向行成大人的府邸。搖搖擺擺走在他旁邊的小怪點頭說：

『你不知道也情有可原啊！那段時間你顧自己都來不及了。』

小怪縱身跳上昌浩的肩膀。

昌浩直視前方，微微皺起眉頭。

『可是連恩人行成大人發生這麼重大的事都不知道，你不覺得很糟嗎？』

『好像是很糟。』

『嗯。』

藤原行成的府邸離皇宮很近，在左京的一角。離左大臣住的東三条府很遠，但是生活機能還算便利。

昌浩請出來應門的雜役幫他通報後，很快就被帶進了府內。被帶去的地方是寢殿，眼前有一大片遼闊的庭院。

昌浩看過的貴族宅院只有東三条府，不過，他覺得行成家也相當氣派。東三条府在各方面都超乎正常標準，不該拿來當比較對象。

起碼跟安倍家比起來，這裡就大了許多。

『昌浩，麻煩你專程來看我，不好意思。』

出來見他的行成，氣色比想像中好多了。不過他並不是生病，所以這也是理所當然的事。

『聽說您被妖怪襲擊，幸虧沒什麼大礙。』

聽到昌浩這麼說，行成露出了陰鬱的表情。

『我是沒事，可是隨從受了重傷……對了，昌浩，等一下可以請你幫他唸痊癒的咒文嗎？』

『咦……？不是請爺爺，而是我？』

昌浩不由得這麼反問。行成笑著說：

『當然要拜託左大臣也很器重、將來前途無量的昌浩大人啊！』

這番話很值得高興，但是，沉重的壓力重重壓在肩上。

小怪露出不知道該說什麼的表情，在昌浩旁邊聽著兩人的對話，它低下頭顫抖著肩膀，忍著不笑出聲來。昌浩斜眼看到這樣的小怪，趁行成的視線轉向其他地方時，從小怪後腦勺啪唏打下去。

『妖車啊……』

被拉著東扯西扯，到了傍晚好不容易才離開行成府邸的昌浩，邊走向距離一条戻橋很近的家裡，邊思索著。

他所知道的妖車只有今天早上遇到的車之輔。當然，還有其他妖車並不奇怪，只是他不理解妖怪為什麼要接二連三襲擊、破壞貴族的牛車。

『那隻妖怪也不期待你能理解吧？』

『也對啦……』

小怪蹬蹬蹬走在昌浩旁邊，然後縱身一跳，用後腳直立起來，砰砰拍著昌浩的腰說：

『放心吧！晴明遲早會採取行動。不斷有人受害，貴族們一定會來向晴明哭訴……咦？』

小怪突然抖動了一下耳朵，以直立的姿勢往後看。

現在是夕陽西下的黃昏時刻，橙色的天空讓人視線不清。

『小怪？』

發覺不對的昌浩，循著小怪的視線望過去，屏息凝視。

各種怪事相繼發生，所以到了這個時間，大路上就沒有行人往來了。放眼望去，看不到半個人影，只有昌浩和小怪。

在逐漸泛紫的天空下，從大路的遙遠盡頭冒出了某種東西，而且愈來愈大。

嘎啦嘎啦的聲響隨風傳入耳裡，那是車輪的聲音，還帶著妖氣。

『車之輔……？』

『不是……』

小怪回答昌浩的自言自語，警戒地瞇起眼睛。

那個身影正以驚人的速度接近他們。

沒有牛，卻跑得飛快，應該用來掛布簾的地方飄浮著一張大臉。

小怪瞪大眼睛說：『是朧車②！』

『咦，你說什麼？』

好陌生的名字。妖怪朧車沒有降低速度，繼續往前衝——衝向昌浩。

到了相隔大約五丈遠時，昌浩也慌了起來。

『它的目標總不會是我吧？』

『昌浩，快避開！』

小怪這麼大叫，使出渾身力量把昌浩推出去。

就在倒地的昌浩抬起頭來的同時，小怪被朧車的車軛彈起，白色身軀被遠遠地拋到半空中。

『小怪！』

昌浩叫得連聲音都顫抖了，朧車突然停下來，緩緩轉向昌浩。

飄浮的大臉用藐視的眼神瞥了昌浩一眼，就那樣揚長而去了。

呆呆看著這一切的昌浩，過一會才感覺到咕嘟咕嘟沸騰的憤怒。

那是什麼眼神嘛！不過是隻妖怪，竟敢露出那種『讓開，笨蛋，你太礙眼啦！臭小子』的冷漠眼神。

『可……惡……！』

昌浩聽到低沉的咒罵聲，訝異地回過頭，看到小怪顫抖著肩膀站起來。

『小怪，你沒受傷吧?!』

小怪對衝過來的昌浩點點頭，大叫：『絕不能放過那輛朧車！』

昌浩大大贊同激憤的小怪。

『沒錯！』

姑且不談那麼多的貴族受害，它還攻擊了昌浩、昌浩的恩人行成、把小怪彈飛出去，這些都是重罪，等於是向陰陽師宣戰，當然要好好教訓它。

昌浩一回到家，就被晴明叫去。

『今天左大臣下達指示，要立刻降伏妖車。』

那輛朧車第一次出現在幾天前，第一個受害人是藤原行成，那之後陸續發生十多起被害事件，受傷人數將近十人。

除了左大臣外，也有很多貴族接二連三來找晴明，請求晴明降妖。

『幸虧沒有人死亡，不過那也是遲早的事。所以，昌浩，你替爺爺去降伏一下。』

『我知道了。』昌浩立即回答，還站起來說：『我會打倒朧車！絕對會打倒它！』

晴明驚訝地看著高聲宣言的孫子，詢問一旁默默生著氣的小怪：

『發生什麼事了？』

『那輛朧車竟敢向我們宣戰，我為了保護昌浩，還被彈了出去。』

『這樣啊……』晴明伸出骨瘦如柴的手，輕輕撫摸小怪的頭。『難為你了。』

『我是無所謂啦！反正沒受傷，昌浩也沒怎麼樣。』

小怪用後腳猛抓著脖子，臉色不是很好看。可見它嘴巴說無所謂，心裡其實很生氣。

看得很想笑的晴明，帶著苦笑說：

『神出鬼沒的朧車啊……應該不難降伏，問題是如何捉到它。』

對方是妖車，跑起來非常快。小怪心想，被那樣的速度撞出去，那些受傷的人竟然還能保住性命。

受命降妖的昌浩退出祖父房間後，回到了自己的房內。

昌浩的房間裡堆滿了祖父、父親、伯父和哥哥們給的陰陽術書籍，包括異國書籍《山海經》、自古流傳下來的怪物書籍等，他從書堆裡挖出了這些書。

接著他摘下烏紗帽、解開髮髻，把頭髮綁在頸後，脫下出仕穿的直衣，換上深灰色狩衣，點亮燈台，坐在矮桌前打開書。

那輛朧車為什麼一再衝撞牛車，疾馳而去呢？沒必要故意這樣搞破壞，給自己蒙上極惡妖怪的污名吧？

昌浩表達了這樣的看法。小怪微瞇起一隻眼睛說：

『妖怪們各有各的想法吧！說不定它純粹只是排除自己行走時的障礙。』

『哇，太霸道了吧！想跑就去京城外面跑嘛！』

『大概是喜歡直通通的大路吧！朧車應該也有個人偏好。』

昌浩打開了書卻沒看，跟小怪交換起種種意見，這時彰子抱著幾件衣服進來了。

『昌浩，這是露樹阿姨叫我拿給你的新衣服，放在這裡就好嗎？』

彰子說著就要把衣服收進房間角落的唐櫃③，昌浩慌忙阻止她說：

『我自己來，我自己來。』

他從彰子手中搶過衣服，指著蒲團說：『妳坐在那裡。喂！小怪，快準備好！』

『為什麼是我？』

小怪嘀嘀咕咕地埋怨著，替彰子把蒲團拉到矮桌旁，拍拍蒲團說：

『來，請坐，這是房間主人的希望。』

彰子聽話地坐下來。

昌浩把衣服塞進老舊的唐櫃裡，回到矮桌前，略顯疲憊地看著彰子。

『怎麼可以叫藤原家的千金小姐幫忙做家事呢……』

彰子聽到他這麼說，皺起了眉頭。

『我在你家打擾，幫點忙也應該啊！而且現在的我是安倍家的遠親。』

『是這樣沒錯，可是……』

『昌浩，我住在這裡是不是會打擾到你呢？』彰子的語氣有點沮喪，昌浩不知道該說什麼，彰子又接著說：『而且你總是對我客客氣氣的，感覺很生疏。』

『不是妳想的那樣……』

正好坐在兩人中間的小怪，交互看著困窘得吞吞吐吐的昌浩與看似有點生氣的彰子，不禁搖搖頭，自言自語地說：『才三、四天，是很難把她當成家人啦！』

小怪輕輕嘆口氣，還是決定幫昌浩解圍。

『好啦！彰子，昌浩今天受命降伏大鬧京城的妖怪，正忙得焦頭爛額呢！』
彰子盯著小怪夕陽色的眼眸，問：『降伏妖怪……？』
『對，有妖怪攻擊貴族，晴明又像平常那樣叫他去降伏一下。』
『對，就是這樣！所以我要查一些資料。』
昌浩一邊這麼說，一邊啪啦啪啦翻起矮桌上的書。起初有一半是藉口，但是翻著翻著就認真看起來了，彰子看著這樣的昌浩，輕輕嘆了口氣。
彰子不清楚昌浩如何降伏妖怪，但是知道這份工作並不輕鬆，所以很擔心他會不會太逞強，會不會受傷。
彰子低頭看著旁邊的小怪，說：『怪物小怪……』
小怪抬頭看著彰子，臉色很難看。
『不要叫我小怪。』
『可是你是怪物小怪吧？』
『我跟怪物不一樣。』
彰子不解地偏著頭。她從小就聽過很多關於晴明和吉昌的事，所以試著把她知道的詞彙說出來。
『那麼，你是昌浩的式鬼？』

小怪搖搖頭說：『不是式鬼，式鬼是供陰陽師使喚的妖怪或幽靈。』

昌浩已經完全埋入書堆裡，一旁的彰子與小怪難得一對一聊起天來。

『不是式鬼？』

『不是，我是式神，供陰陽師使喚的神叫式神。在安倍家，經常可以聽到這一類的陰陽用語，妳既然進了安倍家，想到時不妨多學一點，對妳的將來也有幫助。』

『嗯，我知道了。』

彰子順從地點點頭，然後眨眨眼睛問：『那麼，小怪，我該叫你什麼呢？』

『這個嘛！啊……』

小怪說到這裡，突然安靜下來，無言地東張西望，不停地眨動眼睛思考著。

昌浩注意到小怪的模樣，轉過頭來，彰子把事情原委告訴他，他毫不以為意地說：

『叫小怪就行啦！』

彰子又順從地點點頭。

『嗯，我就這麼叫它。』

昌浩闔上書站起來，一把抓起抱著頭開始碎碎唸的小怪的脖子。

『走啦！小怪。』

『不要叫我小怪！晴明的孫子！』

『不要叫我孫子！』

昌浩大叫後，又轉向彰子說：

『我去夜巡一下，不要告訴我母親。』

『晴明大人跟吉昌叔叔呢？』

『我不說，他們兩個大概也知道。』

昌浩從走廊跳下庭院，從後面追上來的彰子擔心地說：

『天氣會愈來愈冷，最好帶著溫石④。』

『放心，我穿得很厚，還有小怪。』

昌浩把小怪的白色身體圍在脖子上給彰子看，微微一笑。

『小心點喔！』

『不用擔心啦！』

昌浩向憂慮的彰子揮揮手，奮力爬上圍繞宅院的泥牆，輕盈地跳到路旁。

傍晚，昌浩和小怪是在接近西洞院大路的二条大路撞見朧車，朧車從東邊衝過來，從西邊疾馳而去。

『行成大人的宅院是在四条大路旁，其他被害人也都是在連結京城東西向的道路上遇到朧車。』

昌浩邊往京城南方走，邊把自己的想法告訴肩上的小怪。

『所以朧車應該不會出現在南北向道路吧？這只是我的猜測。』

小怪嗯一聲說：『那麼，現在應該在某條東西向的大路上嘎啦嘎啦奔馳囉？』

嘎啦嘎啦嘎啦。

『沒錯，一邊發出那樣的聲音，一邊……咦？』

隨風傳來車輪聲，昌浩停下了腳步。

現在是夜晚，已經過了亥時，地點是西洞院大路與姉小路交接處附近。

這一帶有很多建築物，貴族的宅院也不少，他聽說式部的大夫就是在前面的壬生大路附近遇上了朧車。

昌浩注視著東方。跟早晨時不一樣，昌浩對自己施行了可以看清楚黑暗的暗視術，所以視力跟白天時一樣好。

冰冷的風吹過來，不知為何夾帶著妖氣。以季節來說，吹的應該是北風。

專注看著東方的昌浩，發現妖氣和車輪聲是從出乎意料之外的方向傳來，轉過頭去。

弓形的月亮西沉，只剩下閃爍的星光，不足以照亮腳下。

一陣強風吹來，昌浩猛然舉起手來遮擋。

車輪聲愈來愈大。

小怪大叫：『昌浩，快閃開！』

原本空盪盪的地方突然冒出龐大的朧車，大約離昌浩兩丈左右。

昌浩不由得倒抽一口氣，驚嚇減慢了他的反應速度。

小怪的身體跳到半空中，紅色鬥氣包圍著白色身軀。

片刻後出現的修長身影，從車軛抓住了朧車，響起劇烈的衝撞聲。

浮現在布簾部位的惡魔般可怕的大臉氣急敗壞地咆哮著，恐怖的叫聲破風震響。

『紅蓮！』

就在昌浩大叫時，紅蓮使出渾身力氣推倒了朧車，咚地發出沉重的聲響。

地面震動起來，昌浩搖晃了一下。紅蓮回過頭看到這樣的他，輕輕蹙起漂亮的眉毛說：『喂、喂，你振作點啊！晴明的孫子。』

低沉的聲音中帶著些許無奈，健壯的身軀超過六呎高，跟戴在額頭上的金箍同樣顏色的眼睛銳利逼人。裝扮像極了佛像或不動明王像，手臂上纏繞著細長的薄布條，脖子上佩戴著用粗黑荊棘串成般的項圈。

這就是白色怪物的真面目，也就是十二神將之一的火將騰蛇，紅蓮是晴明替他取的名字。

『不要叫我孫子！』

昌浩反射性地吼回去，同時驚愕地將視線轉向朧車。

被紅蓮推倒的朧車，以靈活的動作靠反彈的力量爬了起來——不，應該說是彈跳起來。

重重的聲響震撼了地面。

昌浩又搖晃了一下，這次一屁股跌坐在地上。

『哇！』

『昌浩……』

紅蓮輕輕嘆了口氣，昌浩瞪著他說：『沒辦法，我比你輕啊！』

就在昌浩大叫的瞬間，朧車突然往前衝，還發出可怕的咆哮聲。

從紅蓮手上竄出的燃燒火蛇用力扭擺衝向妖怪，挺直身子，張大嘴巴對朧車展開攻擊。

朧車再度咆哮，怒吼著驅散火蛇，接著衝向了昌浩。

昌浩從懷裡抽出符咒。

『南無馬庫桑曼答吧沙啦噹！』

就在他唸咒並放出符咒的同時，被紅蓮的手臂一把撈起。

紅蓮彈跳到半空中，就在這一瞬間，朧車撕裂了昌浩的殘影，就那樣衝入了黑暗中。紅蓮降落地面，昌浩掙脫他的手，嘎吱嘎吱地咬牙切齒。

他看到了，當朧車揚長而去時露出了鄙視的表情，嘴角浮現的是嘲笑。那張臉就像在對他說，沒本事的小鬼不要自不量力！

他握緊拳頭，顫抖著肩膀大叫：『可惡……！』

在這裡被我遇到，算你倒楣，我絕不放過你！

『區區朧車膽敢跟人類作對！罪該萬死！』

『——』

這應該就是所謂的『怒髮衝冠』吧？

紅蓮不由得交抱雙臂，只想當個旁觀者，昌浩則顯得激動萬分。

這傢伙還真單純呢！正當紅蓮在心中這麼嘀咕時，昌浩在他面前以右手的大拇指和食指圍起一個圈圈，放在嘴邊，吹起了口哨。

高亢的口哨聲劃破了冷得幾乎凍結的夜空，不久後，從某處傳來了嘎啦嘎啦的車輪聲。

紅蓮瞬間變回白色怪物的模樣。

站在昌浩腳下的它向遠處望去，看到一輛大牛車疾馳而來，前面沒有那張大臉，不是那輛朧車。

『車之輔！』

昌浩大叫一聲後，抓起小怪的脖子，繞到疾馳的車之輔後面，跳上車內。

『好痛！』

重重撞到頭的小怪抱怨連連，昌浩不理它，掀起了布簾。

以驚人速度疾馳的牛車，車輪振動得很厲害，一不小心就會失去平衡，摔出車外。

但是，今天的昌浩怒氣凌駕一切，硬是保持平衡直立著。

正當小怪為這種事感到佩服時，昌浩又在他面前站得直挺挺地，結起了手印。

『夏庫溫、邦叩庫！』

咒語轟隆震響後，兩條灰白軌跡朦朧地浮現在黑夜的大路上。

剛才昌浩施放的符咒，讓朧車陷入了法術中。

昌浩抓著門框支撐身體，大叫著：『車之輔，沿著軌跡走！』

妖車遵從指示向前疾馳。

緊緊抓著高欄、四隻腳踩穩以防被甩下車的小怪，不得不佩服地說：

『喲，表現得不錯嘛！』

『我絕不放過那個臭小子！我要親手滅了它！』

小怪在激動的昌浩腳邊，尾巴砰砰拍打地面，感嘆地聳起了肩膀。

追著軌跡前進的車之輔，不久後來到了京城郊外。

再往前渡過鴨川，就離開京城了。

目不轉睛搜尋的昌浩低聲說：『找到了——！』

浮現的軌跡盡頭，出現了疾馳的朧車。

『車之輔，繞到它前面！』

昌浩一聲令下，車之輔立刻使出渾身力量加快速度，逼近朧車。

嘎啦嘎啦的劇烈車輪聲中，夾帶著車轄的傾軋聲。小怪聽到這個聲音，探頭觀察狀況，看到車之輔滿臉通紅。

發現被追捕的妖車也加快了速度，兩車互不相讓，展開激烈競賽。如果只是在一旁觀賽，一定很刺激。

不久後，車之輔的毅力終於超越了朧車。

『好厲害！』

就在小怪驚訝的讚嘆中，車之輔已經跑到朧車前，緊急煞車擋住朧車的去路。塵土漫天飛揚，響起喳哩摩擦地面的刺耳聲。

昌浩和小怪從牛車跳下來，昌浩站在橫衝直撞的朧車前，打出手印。

『嗡夏烏亞雷、馬卡桑馬宛索瓦卡！』

阻擋妖怪的無形壁壘升起來，向四周擴散，眼看著就要包圍朧車了。

但是……

『什麼?!』

昌浩和小怪同時張大了眼睛。

原來直線往前衝的朧車突然旋轉起來，利用離心力硬是改變了方向，往京城方向逃竄。

昌浩所做的壁壘是用來捕捉衝過來的妖怪，現在妖怪逃向相反方向就抓不到了。完全被妖怪擺了一道。

昌浩呆了半晌，才帶著滾滾沸騰的怒氣大叫：『……臭傢伙……』

但是，語氣很平靜，跟剛才完全不一樣，反而讓小怪莫名地感到可怕。

昌浩抓住小怪的脖子，轉向惶恐不安的車之輔，跳上了車。

『車之輔，追！』

昌浩最初的法術還沒失效，朦朧浮現的灰白軌跡還延伸著。

『絕不能讓它逃了！車之輔，讓它瞧瞧牛車的志氣！』

『可是那傢伙並不是牛車。』

小怪冷靜地挑他毛病，他沒理睬，只是狠狠地瞪了小怪一眼。

軌跡幾度改變方向，進入了京城。

這裡是綾小路，位於剛才的四条大路的稍微偏北處。

劇烈的車輪聲嘎啦嘎啦回響。

前一刻看到的前方泥牆轉瞬間就被遠遠拋到後面了，速度快得像破風飛翔的燕子。車轄的傾軋聲比剛才更大了，小怪心想，車之輔八成是憑著一股毅力和志氣在滑行。

已經過了半夜，風不停灌入急速奔馳的車子，冷得教人受不了。

『哈啾……！』

昌浩打了個大噴嚏，擤擤鼻子，真的很冷，不是開玩笑的。

在冬天的三更半夜搭乘妖車四處奔波追逐朧車，冷得他都感冒了。

如果發燒而不能出仕的話，不知道晴明會怎麼說他呢！

『他一定會說：「昌浩啊！我的確是叫你去降伏一下妖車，我是這麼說了，但是、可是，沒叫你感冒回來啊！啊～你就是這樣，所以我才說你不夠警覺嘛！你這樣子，爺爺怎麼能放心？太教爺爺擔心啦……」……其實一點也不擔心！』

『不會吧！我想他是很擔心。』

看到昌浩被自己的預測氣得七竅生煙，小怪表達了自己的意見，然後望向妖怪的軌跡。

『咦……？』

小怪微微瞇起了眼睛，昌浩趕緊循著小怪的視線望過去。

在綾小路的一角，朧車的軌跡旁有什麼東西在動……

『嗄！』

小怪先發出了驚疑聲，接著是昌浩看出在動的東西是什麼，開口說：

『牛車……！』

裂成兩半的牛車旁有幾個人徘徊著。應該是被疾馳的朧車撞毀了，不知道有沒有人受傷？損害程度如何？

『喂！昌浩，不好了！』

『咦？』

小怪的臉色出奇地可怕。

『再繼續往前衝，那些人會被車之輔撞上吧？』

『啊！』

沒錯，這個速度無法轉彎。

『不好了，車之輔，快停下來！』

但是，牛車的殘骸和人影已經近在咫尺，連發現危險逼近的驚恐表情都看得見。即使現在停車，也免不了慣性所產生的撞擊。

昌浩不由得閉上了眼睛，眼底清楚浮現人們被撞飛的情景。

他只能衷心祈禱那些人不至於喪命。

但是，車之輔很偉大，卯足了勁加快速度，更重重傾軋車轄，奮力彈起車軛縱身大跳躍。

巨大的牛車在星光閃閃的夜空中一躍而起。

嚇得滿臉驚懼的人們，抬起頭茫然地看著這一幕。

車之輔輕輕跳過他們，漂亮著地後，繼續沿著軌跡奔馳。

在車內親身體驗了牛車跳躍的昌浩，在著地那一剎那咬到了舌頭。

『哇！』

小怪也被高高彈起，背部重重摔在地上。

『唔！』

搭乘的舒適度還是很差，但是以人命為優先，高高跳起的車之輔，還是表現得非常優異。

『車之輔，你真偉大！』

昌浩邊帶著淚光稱讚它，邊注視著前方。

已經過了朱雀大路，進入右京就沒什麼住家了。

昌浩的耳朵聽到來自遠方的另一個聲音——在風中震響的車輪聲。

很近了。

小怪緊抓著高欄，夕陽色的眼睛閃爍了起來。

『看見了！』

昌浩也張大了眼睛。

在一片黑暗中，他看到了升騰的妖氣——他捕捉到了。

車之輔不等昌浩開口，就加快速度，全力追趕朧車。

相隔距離大約五丈。

突然，小怪放開高欄，退到車後面。

『昌浩，讓開！』

昌浩反射性地將身體靠向門框。

小怪嬌小的身軀從車子衝出去，高高跳起來。

跳到奔馳中的朧車篷頂後，小怪豎起爪子抓緊篷頂，以防被甩下車，自負地狂笑起來：『你該停下來啦！朧車。』

小怪的白色身體被紅色鬥氣包圍著。

熱風拍打著緊追在後的昌浩的臉頰。

不久後，整輛朧車被小怪施放出來的熱風包圍，開始減速。

朧車發出掙扎的呻吟聲，表情痛苦得扭曲起來。

載著昌浩的車之輔從旁超越朧車，在遙遠的前方緊急煞車。

因為煞得太急，昌浩的身體從車軛處滾落下來。

『哇，好痛！』

昌浩淚眼汪汪地抱著撞到的頭，一看到朧車停在三丈遠的地方，趕緊奮力站起來。

朧車正痛苦地喘息著。

昌浩踩穩雙腳，結起外獅子印。

小怪從朧車的篷頂跳下來。

『嗡咭哩咭哩吧喳啦吧吉利、霍拉曼噠曼噠溫哈塔！』

看不見的鎖鏈層層綁住了朧車。

被法術縛住的妖怪橫眉怒目瞪著昌浩，拚命掙扎，企圖擠出最後的力氣驅動車輪。

昌浩慢慢接近朧車的龐大身軀。

車之輔看到這樣，雖然嚇得嘎噠嘎噠發抖，還是靠向昌浩，用車轅擋住朧車的去路。

車之輔是個溫馴、膽小的傢伙，卻鼓起勇氣試圖保護昌浩。

『很有骨氣，值得欽佩。』

小怪開心地笑笑，蹬蹬蹬走到昌浩前面，從車轅下面鑽出去，站在還在做垂死掙扎的朧車前面。

白色身體圍繞著紅色鬥氣，眨眼間現出真面目的紅蓮，輕輕舉起了右手，手上燃起了火焰。

『告訴你一件事，當作陪葬吧！』

朧車注視著冷笑的紅蓮，正在做最後的掙扎。

紅蓮的火蛇狂扭竄起，纏住了朧車。

『這個小孩，就是你們的天敵大陰陽師安倍晴明的接班人——陰陽師安倍昌浩……雖然還是個菜鳥。』

朧車突然瞪大眼睛，用激憤的眼神盯著昌浩。

紅蓮迅速退到一旁，背後的昌浩打出刀印，調整呼吸。

『——臨兵鬥者，皆陣列在前！』

昌浩隨著高亢的唸咒聲揮下了刀印。

凌厲的氣勢化為靈氣刀刃，往朧車砍去。

被火蛇纏繞的朧車受到九字真言刀刃的攻擊，在慘叫聲中爆裂，瞬間消失了。

牛車的聲音嘎啦嘎啦回響。

昌浩打開窺視窗仰望天空，由星星的位置推測現在的時刻。

『應該過丑時了吧！』

啊，今天又要睡眠不足了。

昨天才銷假第一天出仕，今天就再請假恐怕不太好。

就在他靠著牆打了個大呵欠時，車之輔輕輕停下來了。

已經到安倍家附近的一条戻橋橋頭了。

安倍家有晴明佈設的結界，所以妖魔鬼怪無法靠近。有可能接近泥牆附近，但不可能從大門進入。

妖魔鬼怪不行。

昌浩和小怪下車後，繞到側面看著車之輔的臉。

車之輔像平常一樣笑得很親切，用昌浩聽不懂的話對小怪說著什麼。
過了一會，小怪抬起頭說：『它說必要時，可以隨時找它。』
昌浩點點頭，猶豫地看著車之輔說：『車之輔……你願意成為我的式鬼嗎？』
那張大臉的眼睛大張，眨了好幾下。昌浩又接著說：
『你身為妖怪，進不了我家，成為式鬼後就是眷族，可以進入我家。』
『可是沒有地方收留它啊！安倍家沒那麼大吧？』
『是沒那麼大啦！』
昌浩頂回冷靜插嘴的小怪後，環顧周遭。
位於一条戻橋前的安倍家，門很小，庭院也不是很大。的確不行。
車之輔看到昌浩悄悄垂下肩膀，驚慌地搖晃著車身。
它似乎很高興昌浩提出這樣的要求，完全沒有拒絕的意思。
小怪看著昌浩和車之輔好一會後，咻地甩甩尾巴，轉轉脖子說：
『很久很久以前，晴明的妻子很討厭小鬼和妖怪。』
昌浩搞不清楚突然開口的小怪有何意圖，與車之輔面面相覷。
『小怪……？』
小怪不理他，繼續說：『但是對晴明來說，式神和式鬼都是重要的寶物。』

小怪用後腳抓著脖子一帶，仰起頭，單眼瞥過昌浩。

『後來他怎麼做呢？就是讓式神留在異界，把式鬼安置在一条戾橋下，必要時再召喚它們。』

昌浩呆呆看著小怪好一會。

『戾橋下……？』

對了，他聽說過這件事。

聽說已經過世的祖母擁有通靈能力，可是很討厭妖魔鬼怪，每次看到都會慘叫。如小怪所說，困擾的晴明只好讓身為式神的神將們留在異界，讓式鬼們躲藏在一条戾橋下，有事時再召喚它們來。

昌浩眨了好幾下眼睛後，緩緩將視線轉向車之輔。

車之輔看看一条戾橋，開心地笑了起來，嘎咚垂下車軛，這是表示願意。

昌浩的眼睛亮了起來。

他很想用某種方式報答一次又一次幫助自己的車之輔。

他想到只要車之輔願意，就收它為式鬼，讓它成為眷族。收為式鬼後，就不用擔心車之輔會被其他陰陽師降伏，還可以賦予它妖怪所沒有的存在價值。

仍是個菜鳥的昌浩，還沒有『式』⑤。小怪是自己來跟在昌浩身旁的式神，跟一般的『式』不一樣。

車之輔敏捷地爬到戻橋下。昌浩目送它離去，正要開開心心地渡橋時，小怪突然抬起頭說：『啊！晴明的式鬼。』

『咦？』

他抬頭一看，發現有隻白鳥在頭頂上盤旋，飛到他正上方就變成了一張紙。

昌浩跳起來，抓住翩然飄落的紙片，很快看過整齊排列的漂亮字跡。

在昌浩腳邊觀察狀況的小怪，不久後就聽到了詭異的笑聲。

昌浩握著紙片的手愈來愈用力，把紙片握得縐巴巴的。

『呼……呼呼……呼呼呼……』

不久後，抖動肩膀笑著的昌浩露出緊繃的笑容，像平常一樣，把紙片揉成了一團。

『昌浩，上面寫了什麼？』

小怪還是隨口問了一下，昌浩特地把揉成一團的紙片攤開來給他看，好像連說出口都會生氣，所以不想說。

以下是晴明的話。

『就算對方是神出鬼沒的朧車，你也未免花了太多時間吧？還因為一度被它逃走，害得參議大人容善的牛車被撞毀。唉……昌浩啊，爺爺很沒面子呢！你趕快降伏妖怪回來吧！不然又有人要替你擔心了。　By　晴明』

小怪看完後，瞄了昌浩一眼。

原來剛才遭朧車攻擊、牛車被損毀的那些人，是參議大人容善一行人？當時一片漆黑又急著追捕朧車，所以沒有仔細確認。

不過，那麼晚了他們上哪去呢？應該早就退出宮了，八成是正要去哪家妓院，或是正要回家。在妖怪出沒、不斷傳出有人受害的這個時候，還大搖大擺地出來，要怪也得怪這些人吧？

我就要說，是你自作自受，活該！參議，你瞧不起昌浩可是重罪。

小怪心裡這麼想，但保持沉默，因為現在只要說錯什麼，就會變成昌浩的出氣筒。

昌浩又把紙張揉成一團，高高舉起手來。

『可惡～等著瞧吧，臭老頭——！』

他怒吼著，把紙球丟向河裡。紙球劃過大大的弧線，被吸入黑暗中。

『啊啊啊啊，氣死我了！』

小怪跳上握緊拳頭、氣得不得了的昌浩肩上，敲敲他的頭。

『喂、喂！冷靜、冷靜，你今天還要出仕，趁現在還早，快回去睡一下吧！』

『說得也是。』

昌浩跟出來時相反，奮力爬上泥牆，跳下庭院，躂躂跑向自己房間。才拉開門正要進去，就整個人僵直了。

『怎麼了？』

跟在後面的小怪偏著頭問。昌浩呆呆站著，沒有回答。

小怪覺得奇怪，從縫隙往裡面看，看到讓昌浩僵直的『原因』正靠著矮桌，發出輕微的鼾聲，手邊還有好幾本攤開的陰陽術書籍，似乎是聽了小怪對她說的話以後立即照著做了。真是精神可嘉啊！

『原來如此……』

小怪退後一步，用後腳直立起來，往昌浩的腰推了一把。

昌浩差點往前栽，進了房間又被蒲團絆倒，摔得四腳朝天。

咚地發出撞擊聲的昌浩，回過頭狠狠地瞪了小怪一眼，但是，小怪一副不干它的事的樣子，看著其他地方。

過了一會，聽到聲響的彰子張開眼睛，抬起了頭。

『你回來了啊？』

她揉著眼睛，聲音還帶著朦朧睡意。昌浩感動地對她說：『不用等我啦！』

彰子甩甩頭完全清醒後，滿臉困惑地說：

『我還以為你很快就回來了嘛！而且也擔心你。』

昌浩一時說不出話來。

他想起剛才晴明那封信。

『你趕快降伏妖怪回來吧！不然又有人要替你擔心了。』

原來那句話是這個意思。

沒錯，看這情形，的確要趕快降伏妖怪回來，不然會讓她擔心。

彰子對緊閉雙唇的昌浩說：『有沒有受傷？你還好吧？你做事很容易衝動……』

『我很好，不用擔心。』

『真的嗎？』

彰子一連串問下來，昌浩放鬆嘴角說：『真的，現在我已經平安回來了，妳放心去睡吧！天氣很冷，要注意保暖，不要感冒了。』

在昌浩催促下，彰子聽話地點點頭，回到了她被安置的房間。

笑著送她離去的昌浩，看到又從晴明房間飛來的白鳥，瞪大了眼睛。

『嚇！』

他抓住像平常一樣變成紙片的式鬼，攤開來看，上面寫著一行字。

『看吧，我就跟你說嘛！你要更努力進步才行。 By 晴明』

『……』

昌浩無言地將紙片揉成一團。

在對他投以同情眼光的小怪面前，他高高舉起那團紙，默默扔到了庭院。

不能在這個時候、這個地方大叫，可是，他又很需要發洩。小怪似乎可以聽到他心中正吶喊：那隻老狐狸，既然在一旁看，就出手相助嘛！

那種程度的怪物，晴明當然不可能出手。

昌浩躺下來，把代替被子的大外衣蓋在身上，決定悶頭小睡一下。小怪看著這樣的他，低聲說著：『真是個可憐的傢伙呢……晴明的孫子。』

昌浩突然爬起來大叫：

『不要叫我孫子！』

幾天後，昌浩一如往常，又被陰陽寮的雜務追著到處跑。

自從前幾天的朧車事件後，昌浩給了自己一個目標。

那就是——不要把無辜的人捲入事件中。

他倆落地收拾好東西，正要離開陰陽寮去送他人委託的東西時，看到參議大人容善迎面而來。

『喲，是牛車被朧車撞壞的參議。』小怪甩甩尾巴說。

昌浩小聲地回應：『聽說那之後他就請了凶日假。』

『因為遇到了異形嗎？』

『嗯。』

因為一連遇上了兩隻妖怪，沾上了不乾淨的東西，所以光請凶日假還是不放心，前幾天把陰陽師都請到家裡去了。

『不知道他請了陰陽寮的哪一位。』

聽到昌浩的質疑，小怪欲言又止，眨了眨眼睛。

『像他那樣的公卿，要請當然是請配得上他身分的名副其實的陰陽師。』

小怪在口中這麼念念有詞，昌浩疑惑地瞇起了眼睛，但是已經離參議很近了，所以他默不出聲。

他停下來行禮，容善也停在他面前，說：『喲喲，是晴明大人的孫子啊……』

是、是，是孫子，沒錯，就是孫子。他邊行禮，邊在心中這麼獨白。

容善參議思索了一下說：『對了，昌浩大人。』

昌浩不由得張大眼睛，猛地抬起頭來，又慌忙低下頭去。

『失、失禮了。』

『沒關係、沒關係，前幾天我遭遇重大事故，請你的祖父晴明大人來幫我祈禱，才安下心來，但是也因此讓我思考了很多事。』

『是、是嗎？』

容善嗯地點點頭。

『晴明年紀大了，雖然還是很值得信賴，能力也勝過年輕的時候，但是，總不能光靠他一個人。』

『您說得是……』

昌浩嘴巴這麼說，心裡卻持相反意見：不，那隻老狐狸至少可以再活三十年。

昌浩露出表裡不一致的恭敬表情。參議拍拍他的肩膀，嘆口氣說：『要靠你們這樣的年輕人好好求進步，將來協助我們才行。昌浩大人，我很期待你喔！』

不管怎麼樣，昌浩畢竟有年輕貴族中發跡最快的藤原行成掛保證。

昌浩目送參議離去，嘆口氣說：『大概是行成大人對他說了什麼吧！』

前幾天去探望行成時，幫行成的隨從唸了痊癒的咒文，聽說效果不錯，那個隨從慢慢復元了。身兼右大弁兼藏人頭的行成，應該有很多機會碰到容善參議。

『原來被請去參議大人府上的是爺爺啊！他的精神那麼不好嗎？讓參議大人產生這

樣的憂慮。』
『還好吧……』
小怪搖搖晃晃走在邁開腳步的昌浩旁邊。
『晴明也有種種事要思考啊！還有……』
小怪停頓一下，又看著昌浩說：
『不管怎麼樣，車之輔被拿來跟朧車混為一談，還是會有問題吧？』
昌浩皺起了眉頭。
『說得也是……』
昌浩嗯嗯地嘟囔著，小怪跳上他的肩膀，甩了甩耳朵。
參議會態度大變，一定是晴明做了什麼。他八成是在參議面前用虛弱的語氣說自己已經老了，將來可能得大力仰仗兒子和孫子。
聽到值得信賴的大陰陽師這麼說，參議應該是不疑有他，立刻慌張起來，心想糟了，得好好對待安倍一族才行。
私底下其實不斷在為昌浩鋪路，表面上卻老是送那樣的式鬼來，可見那隻老狐狸還很健壯。
『好，我決定了。』

陷入沉思好一會的昌浩，點了一下頭。

『決定什麼？』

昌浩看著小怪，露出嚴肅的表情說：『嗯，是關於車之輔的事。』

工作結束後，昌浩在回家途中，先走到戾橋下。

看到才剛奉為主人的昌浩，車之輔高興得啪沙啪沙搖晃布簾。

『它問你要去哪？隨時都可以出發。』

小怪翻譯車之輔的話，昌浩點點頭，滿臉認真地說：

『車之輔，你隨時都可以自由去散步，但是，必須答應我一件事。』

聽到這麼唐突的話，妖車輪子中的臉露出了疑惑的神色。雖然它沒有脖子，但是，感覺就像正歪著脖子思考。

『車之輔，對我來說，你是很重要的式鬼，可是對其他人來說還是很可怕的異形車，所以……喂，車之輔，你有沒有在聽？』

昌浩會這麼問，是因為妖車被『你是很重要的式鬼』這句話大大感動，興奮得不斷發抖，陷入了陶醉中。

『這傢伙就是這樣才好玩……』

小怪在昌浩腳旁苦笑著。

真是個老實、脾氣又好的傢伙。

昌浩重整情緒說：『人還是怕妖怪、變形怪、異形、妖魔……』

『喔，找到了！』

『喂，讓我們坐一下妖車嘛！』

『聽說你收它當式鬼了？』

『不錯、不錯，你總算有「式」了。』

一隻隻從戾橋跳下來的小妖們，圍著昌浩、小怪和車之輔，你一言我一語地就這麼說了起來。

昌浩又重新整理情緒說：『人還是會怕異形、妖魔之類的東西……動不動就說碰上了什麼不乾淨的東西，所以，以後你散步時，最好盡量隱藏形跡。』

其實車之輔的妖力很強，所以一般人也看得到。

車之輔誠惶誠恐地垂下了車轅。

昌浩環抱雙臂說：『我要是聽到什麼都不知道的人說你是異形、髒東西、穢物之類的，我也會很生氣。』

『沒錯，被什麼都不知道的人那麼說，的確會很懊惱。』

跟昌浩一樣，靈活地將前腳環抱胸前的小怪這麼說，車之輔又垂下了車轅。

『它說它知道了，真的很聽話呢！』

小怪表示讚許，圍繞四周的小妖爭著對它說：

『讓我們坐嘛、讓我們坐嘛！』

『人類的交通工具～』

『喂、喂，可以吧？』

小妖們一個個擠過來，小怪瞥了它們一眼，瞇起眼睛說：

『車之輔的主人不是我，你們去拜託昌浩。』

小妖們立刻排成一列，面向昌浩說：『讓我們坐妖車！』

好整齊的大合唱，昌浩苦笑著說：『車之輔現在沒事，只要它願意，當然可以。』

車之輔垂下車轅表示願意。

小妖們的臉立刻燦爛起來。

『謝謝你，孫子！』

又是個大合唱。

笑容抽搐的昌浩，大腦角落響起某種東西斷裂的巨大聲音。

『我說過了，不要叫我孫子——！』

黃昏的一条戻橋附近，氣沖沖的怒吼聲震天價響。

小怪的陰陽講座

①式部是律令制的八省之一，掌管國家禮儀、銓敘、考核等。太夫是一位到五位官職的總稱。右衛門府掌管皇居各道門的護衛、出入許可等職，而右衛門府佐是右衛門府的次官。

②朧車是有死者怨念依附在上面的妖怪牛車，通常在雲層密佈的朦朧月夜出現，原本應該掛著布簾的地方，有張兇惡的大臉。

③唐櫃是一種附蓋子，有四支或六支腳的正方形大箱子，用來放衣服、書籍、雜物等。

④溫石是古人所用，燒烤過後包在布裡用來暖身的石頭。

⑤『式』指供陰陽師使喚的對象，分為式鬼和式神。式鬼是供陰陽師使喚的妖怪或幽靈，式神則是供陰陽師使喚的神。

夢的鎮魂歌

1

傳來了聲響——無奈、寂寞、顫抖的聲響。

編織成幽靜、悲哀的旋律，淡然回響。

以老舊的布幔、屏風隔開的一角，鋪著比布幔和屏風都新很多的榻榻米，一個女孩子裹著大外衣、華服，睡在鋪被上。

濃密柔順的長長直髮，紮成了兩段，整齊收放在歷史沒有布幔那麼久遠的髮箱裡。

可能是有點冷，睡著的少女把華服往上拉。

板窗不怎麼透光，所以室內只有一點迷濛的光線。

突然，鋪被旁的布幔搖晃起來，從後面出現了一個婀娜多姿的女子。

少女聽到衣服摩擦聲，眼皮顫動一下，緩緩張開了眼睛。

女子在鋪被旁蹲下來，微偏著頭說：『妳醒了嗎？彰子小姐。』

柔和清澈的聲音，聽起來十分悅耳。

她似乎做了夢，在夢中彷彿聽到從遠處傳來昔日熟悉的樂音。

眨了幾次眼睛後完全清醒的彰子，撐起上身笑著說：

『早……因為太安靜，差點睡過頭了。』

『是啊……不如掀開上板窗吧？』

彰子面帶難色說：『那樣會有點冷……不過看得到外面的情況，也許會好一點。』

『那麼，我跟玄武商量一下。晴明吩咐過，要給小姐最舒適的環境。』

『謝謝。』

彰子致謝，十二神將的天一露出像花朵般的溫柔微笑。

玄武應該也在，但是顧慮到彰子只穿著一件單衣，所以隱形了。好像是在布幔外，坐在這棟大建築物的某個角落待命。

她穿上外衣，從布幔縫隙鑽出來，腳趾前端觸碰到冰冷的地板，很快失去了感覺。

她其實很想在鋪被旁放個火盆，但是怕危險而作罷了。昌浩說過，炭神有時會惡作劇，讓人得昏睡病。嚴重的話，可能就那樣一睡不醒，踏上死亡之旅。

那是晴明的訓示，可信度應該很高。

『我絕對不要在睡眠中踏上黃泉之旅。』

稍微推開拉門，凍結般的冷風就伴隨清新的朝陽吹了進來。

她重新環顧室內。昨天到達這裡時，為了儘可能避開他人耳目，只點了勉強可以照亮的小小蠟燭，而且一進屋內就吹熄，換成一盞燈台，所以沒有看清楚全貌。

『雖然比東三条府小很多，但是建築很氣派。』

甚至比安倍家小吧？其實以身分來說，安倍家算是很大。

聽說這座宅院荒廢已久，感覺卻很乾淨。她原本以為天花板上的樑柱會佈滿蜘蛛網，到處堆積著灰塵。

即使是那樣的地方，她也沒有立場抱怨，也不打算抱怨。

『打理得真乾淨呢！』她這麼脫口而出，旁邊立刻出現了小小的身影。

是個身高只到她胸部左右的少年，留著烏黑短髮，一雙像黑曜石般閃爍的眼睛看了她一下。

『當然啦，因為昌浩花了一整天的時間大掃除。』

彰子又訝異地環視室內一次。

強風吹進來，吹動了衣服下襬，卻沒有吹起一點灰塵。這麼大的房子，打掃起來一定很辛苦。

玄武雙臂環抱胸前，滿臉嚴肅。『昌浩一個人當然忙不過來，好像是有人幫他。』

要不然，彰子暫時搬走的事決定得這麼倉卒，根本來不及。

『說得也是。』彰子點點頭，嘆了口氣。

這裡只有彰子、玄武、天一三個人。家具只有從偌大的房子到處搜來的還可以使用的東西，所以給人更冷清的感覺。

今天是一年的最後一天，明天就是嶄新的一年。

彰子嘆了一口氣。

她現在不在安倍家，而是臨時躲在沒有人的廢屋裡。

2

事情要回溯到昨日。

年底有各式各樣的活動和例行公事，所有住在京城裡的人，都像往年一樣忙碌。

宮中更是連續好幾天都有很多活動，所以，負責做準備的官員都忙得不可開交。

其中最忙、忙得透不過氣來的是實際到處奔走的下級官員——就像昌浩。

今天，昌浩也生怕漏了什麼非做不可的事，一直在嘴裡唸唸有詞，抱著一堆書籍、小道具跑來跑去。

『過年真的很忙呢！』

總是在昌浩腳下繞來繞去的小怪，嘆口氣嘟囔著。

它的身子大小像大貓或小狗，有著毛茸茸的長尾巴，全身覆蓋著溫暖的白毛。四肢前端有五根爪子，脖子圍繞著一圈勾玉般的紅色突起。

映著紅紅夕陽的眼睛，看著有點疲憊的昌浩。

『你還好吧？宮中活動可是年初才正式開始呢！現在的忙碌只是開頭而已。』

它看過晴明、吉平、吉昌、成親、昌親，在年底、年初時忙得一刻不得休息，所以這方面的事它比昌浩還清楚。

昌浩深深嘆了口氣，說：『我是聽說過啦！真的很忙呢！』

他抬起頭望著天，發著牢騷。

在今年夏天舉行了元服儀式，也是從今年夏天開始出仕的昌浩，第一次碰到送舊迎新。雖然每年都看著晴明、吉昌滿臉疲憊地出仕，但是現在自己實際陷入漩渦中，才知道有多忙。

『你會這麼忙，是因為所有雜務都落在你身上。』

『嗯，我想也是。』

『在你懂事時，晴明和吉昌就都已經爬到某個地位，應該輕鬆多了。』

『現在我有點想趕快變成大人物……』

昌浩顯得心力交瘁，小怪跳上他肩膀大笑說：『經驗累積還是很重要吧？有那樣的經驗累積，才有現在的晴明和吉昌。尤其是晴明，他四十歲都還沒當上陰陽師呢！』

這裡所說的『陰陽師』，是陰陽寮裡的職務名稱。

晴明原本就不太在乎地位和權利，所以不喜歡附帶責任的官職。但是他的實力太過出眾，周遭的人不可能不重用他。他本人其實很不喜歡，只是無法拒絕。

『總之，昌浩……』

昌浩將視線轉向肩上的小怪，看到夕陽色的眼睛微笑著。

『過了十號，一切就結束了，加油！』

『說得也是啦……』

這十天一定很忙吧！昌浩又嘆了一口氣。

真要說起來，年初的活動比年底更密集，所以更忙。

再兩天就過年了，幕前看起來優雅、華麗，幕後卻波濤洶湧。而且，實際內容幾乎都是不怎麼起眼的雜務，但是只要這些雜務有所耽擱，就會發生很多問題，所以，或許也是很重要的工作——儘管只是不起眼的雜務。

『啊，找到你了，安倍大人。』

一個天文生①看到剛從中務省回到陰陽寮的昌浩，立刻叫住他。

『咦？』

『安倍博士②找你，有話跟你說。』

昌浩眨了眨眼睛說：『是嗎？謝謝。』

『不客氣。』

昌浩目送應該比他年長許多的天文生離去後，雖然滿腹疑問，還是走向了父親吉昌所在的地方。

『不能回家再說嗎？』

『一定是跟工作相關的事。』

昌浩給了小怪一個表示同意的表情。

結果並不是工作上的事。

已經有客人先到了。雖然早上才見過面，但是，已經很久沒在陰陽寮見到這位客人了，所以昌浩不由得大叫：『爺爺！』

『喲，你來了啊！真慢。』

晴明闔上扇子，向昌浩招手。

吉昌和晴明坐得很近，近到緊挨著膝蓋。

『來這邊坐著。』

昌浩依指示坐下來後，晴明和吉昌擺出了嚴肅的表情。

『年底、年初向來很忙，所以我們完全忽略了一件事。』

『而且沒時間了，不趕快行動會來不及。』

祖父和父親的話中甚至帶著幾許悲壯，昌浩面色緊張地壓低聲音說：

『又發生了什麼事？是不是哪裡出現了無法應付的怪物……』

坐在昌浩旁邊的小怪也皺起了眉頭。

『不會是像前幾天入侵貴船的山椒魚那種怪物，又接近京城了吧？那種怪物很麻煩呢！要趕快想辦法才行。』

晴明在手心上敲著扇子，搖搖頭說：『不，沒有那樣的徵兆，關於那件事——』

『請等一下，父親，那件事我完全沒聽說啊！』

『——』

剎那間，晴明、昌浩、小怪同時靜止不動。

吉昌掃視過他們三人，板著臉說：

『……那件事我以後再詳細問你們，先回到討論事項。』

小怪覺得吉昌夾在私下採取破天荒行動的父親與兒子之間，真的很辛苦。

其實，小怪自己也脫不了關係，卻一副事不關己的樣子坐在旁邊。

所有人不約而同端正坐姿，進入主題。

『新年的頭幾天，宮中活動很多，我們家的客人也會增加。』

昌浩點頭表示同意。

晴明是安倍家族的總領，所以，分家出去的伯父吉平、堂兄弟等親戚都會回來。對了，還有哥哥們說不定也會帶著孩子回來。不過小嬰兒不方便帶回來，所以改天還是要去問候嫂嫂，等忙完後恐怕得一家家去拜個年。

晴明啪喳闔上扇子，接續吉昌的話。

『既然全家族的人都會來，就不能把「藤之花」放在我們家。』

藤之花？

昌浩一時會意不過來，直眨著眼睛。小怪點醒他說：

『就是彰子啦！說出她的名字不好吧？』

他終於聽懂了。

『啊！原來如此——的確是。』

聽說十一月初，安倍家收養了一個遠親的女孩。那個女孩跟安倍一族——尤其是晴明，有很深的淵源。好像是家人都過世了，所以來投靠晴明。

這樣的消息開始在貴族之間流傳，是一個半月前的事，喜歡追逐新消息的貴族們早已失去興趣。但是，面對家族的親戚，情況就大不相同了。

畢竟是有血緣關係的人，在某種程度上，都清楚彼此交友往來的關係。由於安倍家所從事的行業特殊，所以沒有人會特別提起那女孩的事，但是一旦見到面就很難說了。

想著想著，昌浩的臉頓時變得蒼白。

安倍一族的人普遍身分地位都不高，所以，應該都沒見過當代第一大貴族的千金。問題是，安倍一族幾乎都是以陰陽術維生的特殊人物，有太多方法可以從行為舉止、面相，推測出她的真正身分。

晴明喃喃說道：『應該不會有人發現她來自藤原家，而刻意去調查，雖然她只待了一個半月，還是小心一點好。』

昌浩點點頭。

原本應該進入當今皇上後宮的左大臣家大千金，現在住在安倍家。知道這件事的人，在宮中只有這三個人，以及彰子的父親——左大臣藤原道長。

只要他們守密，就不必擔心消息走漏。但是，貴族社會裡彼此扯後腿的情況，有時比想像中可怕。在權力鬥爭中落敗的人，很可能為了讓左大臣失勢，到處尋找左大臣的弱點，一路找到彰子身上。

『前言說得有點長，總之，我們正在談最好暫時遷移藤之花。』

晴明看看吉昌，吉昌點了點頭。

由於平常來也沒什麼事做，所以晴明只有在發生大事或皇上召見時才會進宮，今天來是為了討論除夕夜要舉行的追儺③。

晴明、吉昌都忘了會有客人來家裡拜年。雖然才住了一個半月的彰子，要說融入安倍家的證據也不是沒有，但還是很危險。

昌浩雙臂環抱胸前，露出嚴肅的表情。

『說得也是……那段期間，她總不能一直躲在裡面的房間不出來，而且，她現在住的房間是哥哥以前的房間。』

如果哥哥要住下來，說不定會說要住自己以前的房間。

『那麼，要把……呃……藤之花移到哪裡去？』

『就是這件事。』

晴明點點頭，把扇子打開一半。

『刻不容緩，你趕快去做遷移的事前準備，我會去跟陰陽寮長說一聲。』

『事前準備？』

『對，地點已經決定，但是……』

『那房子長年無人居住，所以現在的狀況不能住人。』

小怪眨眨眼睛，已經知道他們要說什麼了。
昌浩好像還沒反應過來，乖乖聽著他們說話。小怪瞥他一眼，無奈地聳了聳肩。

事情就是……
『大掃除啊……』
昌浩無力地嘟囔著，小怪在他肩上甩著白色尾巴。
兩人面前是一座宅院，圍繞著破落的牆壁和變成褐色的高高雜草。
幸虧還有這座快倒塌的牆壁可以遮蔽裡面，而且從外面看，屋頂也沒有破個大洞。
『整理後應該還可以住。』
他推推快腐朽的門，覺得搞不好會垮掉，所以放棄從正門進入。
在外面繞了一圈，發現牆上有許多一個人可以鑽得進去的洞，所幸被枯草擋住，看不見裡面。
『從這裡可以進去吧？』
昌浩窸窸窣窣鑽進裡面，撥開枯草走到建築物前，不由得皺起眉頭。
有氣息。
『咦……？』

從後面跟上來的小怪也注意到了，它跳上昌浩的肩膀，甩甩耳朵，半瞇起眼睛看著有點髒的板窗。

『嗯……』

『小怪，我……』

小怪轉向昌浩，看到他一臉嚴肅。

『我來這裡之前想了一下，為什麼爺爺跟父親不派十二神將來呢？絕對沒有人看得見他們，天一或天后也一定會把每個角落都打掃乾淨。』

『啊！說得也是。』

小怪用前腳搔著耳後，嗯嗯地點著頭。

『六合看起來也很能幹，至少比我會做事。』

『這也是真的。』

昌浩不太會做事，連自己的房間都不太會整理，大多是小怪或彰子隨手幫他整理。

飽受風吹雨打的建築物變得很髒，昌浩心想不好意思，還是穿著鞋踩上了外廊，正要推開似乎許久不曾打開的木拉門時，突然想起來似的，以右手打出刀印，將指尖擺在眉間，在口中唸唸有詞。

小怪眨眨眼睛，夕陽色的眼眸突然瞇成一條線，用力甩著長尾巴。

拉門緊閉的主屋裡，有無數紛擾的氣息，感覺就像潺潺流水聲如漣漪般擴散開來。

在漣漪靜止前，昌浩算準約兩次呼吸的時間後，用力拉開門。無數的影子立刻往裡面竄逃，躲避照進來的陽光。有的無聲地跳上天花板，有的緊貼牆壁屏住氣息。靠暗視術看得一清二楚的昌浩，背著手關上木拉門環視室內。

小怪也一樣默默掃過四周。

不久後，可能是耐不住沉默，傳來戰戰兢兢的詢問：

『幹嘛啊……我們又沒有打擾到任何人。』

『要來打擾的恐怕是我們，所以你們不必這麼害怕。』

昌浩把頭一偏，立刻響起七嘴八舌的聲音。

『什麼？那麼，你不是來降伏我們的？』

『這樣啊！那就早說嘛！』

『你大白天突然跑來，害我們以為你是來報平日之仇，都擺好了陣式呢！』

『既然這樣，就可以安心……』

颯地掀起一陣風，小怪一察覺立刻從昌浩肩上跳下來，說時遲那時快，成群的小妖從上面跳下來。

『孫子——！』

噗咚噗咚。

『哇啊啊啊！』

昌浩已經被壓得看不見了，小妖還啪沙啪沙繼續跳下來。

小怪坐在離他一丈遠的地方，悠哉地環視室內。

這棟房子比東三条府小很多，對屋④也只有西側一間。主屋以牆壁隔成三個房間，必須從板門和外廊移動。進來前它有稍微瞥過西對屋，看起來很寬敞，所以，它想可以暫時把這些傢伙移到那邊去。

『有沒有布幔收在哪裡呢？就算有，還是得搬榻榻米來，還有……』

小怪不理會堆得愈來愈高的小妖山，在房間裡踱來踱去，專心勘查現場。

直立起來，用後腳確認地板強度。它原本擔心長年無人居住，地板會不會毀損產生破洞，但是，這些小妖似乎還維護得不錯。

『房子沒人住，不知為何就是會毀損。』

噗咚噗咚——背後繼續響起小妖跳下來的聲音。

『呃——啊！對了，沒有火盆會凍僵，每天還要送水和食物來。哎呀，燈台也需要燈油呢！等一下再來想這些零零碎碎的必需品……』

小怪自顧自地進行勘查，昌浩在它後面奮力地從山下爬出來，匍匐前進接近它，然後一把抓住它啪噠啪噠甩動的尾巴。

『唔喔！』

昌浩把向前栽倒的小怪拖到面前，低聲怒罵：『你這小子……！』

小怪轉向他，撇嘴一笑說：『喲！壓完了啊？』

『你每次每次每次每次都是一個人跑掉，你就從來沒想過要保護我或是犧牲你自己來救我嗎？怪物小怪！』

『不要叫我小怪。』

昌浩放開小怪的尾巴站起來，小怪看看自己胸前，拉下臉來。

『唔，跟我的心一樣純白的毛都被灰塵弄髒了。』

『你說誰的心？』

小怪不理會昌浩的質疑，環視室內一圈說：

『房間很大呢！不只這裡，最好連對屋也打掃到可以使用。榻榻米和鋪被可以請白虎趁黑夜拿來，但是要打掃到可以生活的清潔程度，恐怕要花不少力氣。』

昌浩用力嘆口氣說：『可惡，等著瞧吧！』

『加油啦！』

小怪回應得像不關自己的事，嘴角還浮現狡黠的笑容，惹火了昌浩，但是現在不是吵架的時候。

昌浩決定回家後再跟它算帳，回頭對著背後的小妖說：『我有事拜託你們。』

『咦，拜託我們？』

『那就要洗耳恭聽啦！』

『對啊！平常你那麼照顧我們。』

『只要合情合理，我們都可以幫忙。』

『畢竟是晴明的孫子的請託啊！』

『對吧？孫子！』

又是平常的大合唱。

昌浩差點反射性地將手伸入放有符咒的懷裡，但是，理智壓抑了這樣的衝動，他再度面向小妖們。

因為這件事很重要，所以他端坐在積滿灰塵的地板上說：

『從明天開始，我有個家人會來這裡住十天左右。』

『家人？』

昌浩點點頭，說：『你們都知道吧？就是現在住在我家的彰子。』

喔！是藤原小姐啊——小妖們同聲回應。

『原來是她啊！你說你家人，我們還以為是你老婆呢！』

有隻小妖不以為意地笑著這麼說，昌浩被說得不知該如何回應。又一隻小妖面向同伴，發出嘖嘖聲，搖搖手說：『你們真笨，她是未來的老婆，所以是家人啊！』

『說得也是，抱歉、抱歉，你說你未來的老婆怎麼樣了？』

昌浩還是說不出話來，顫抖著肩膀，小怪看著這樣的他，在心中叨唸著：

說成『家人』，的確是有那種意思。

小怪抓抓頭，走到昌浩旁邊，決定還是由自己來做個簡單扼要的說明。

『人類社會有很多規矩、形式等深奧的東西。』

『嗯、嗯。』

『如果大家看到不應該存在的人，會引起很大的騷動。』

『喔、喔。』

『所以，要暫時躲在這裡住一段時間。』

『原來如此。』

小妖們整齊劃一地點點頭。恢復神智的昌浩不禁感嘆，多麼簡潔有力的說明啊！

一隻看似群妖代表的小妖，跳到前面來。

『我們是無所謂啦！可是空手來，禮儀上說不過去吧？』

小怪和昌浩面面相覷。

這隻小妖有長長的毛毛腳，高度跟小孩子差不多，看起來很像猴子。大大的眼睛在大白天時，瞳孔會跟貓一樣變得細長。

妖猴將爪子又長又尖的手交叉環抱，一本正經地說：『既然是拜託我們，那麼，我們小妖應該也有權利拿到謝禮之類的東西，不是嗎？各位！』

小妖回頭徵詢同伴意見，大家都回說應該是。

昌浩和小怪心想，在這之前，這些傢伙絕對從來沒有動過大腦。

『所以囉！』妖猴豎起右手的一根手指說：『我們很想吃吃看人類做的糯米餅。』

『啊，糯米餅！好嚮往。』

『有重要活動時都會做吧？那東西給人一種祈禱的感覺，所以老實的我們都不敢隨便動，只看得口水直流。』

『糯米餅！糯米餅！好想吃吃看糯米餅！』

昌浩頭痛地按著太陽穴，旁邊的小怪用後腳拚命搔著脖子後面。

『糯米餅啊……我記得母親好像每年過年都會做。』

可是，妖怪怎麼會想吃用來供奉神明的糯米餅呢？雖然那是妖怪的事，但是，昌浩不否認自己有種難以形容的心情。

『沒辦法，只好拜託你母親多做一點，拿來分給它們。』

小怪無奈地半瞇起眼睛，昌浩也露出同樣的表情點點頭。

『我回去再跟我母親說說看，沒有其他要求了吧？』

達成協議後，小妖們哇地發出歡呼聲。這樣似乎還不盡興，又滿屋子跳來跳去。對了，小妖們幾乎沒有重量，所以沒有一點聲音。不過，它們真要發出聲音，恐怕也會咚隆啪噠吵死人。

『哇，過年有糯米餅吃了，跟人類一樣吃糯米餅！』

『好期待喔！又白又圓的糯米餅。』

『小姐什麼時候來？我們隨時都歡迎。』

『我們心胸寬大。』

『而且很溫柔。』

『還會處處關心她。』

『甚至不會讓她覺得無聊。』

『不……可能的話，我希望你們盡量不要來打擾她。』

昌浩開始有點擔心了，小怪拍拍胸前的灰塵說：『放心，再怎麼樣也不可能讓彰子一個人住在這裡。應該會安排玄武或天一、天后來保護她，你也不會丟下她不管吧？』

『這個嘛……』

昌浩站起來，環視室內。剛才拖行小怪的地方留下了灰塵的軌跡，可見灰塵堆得相當厚。

既然條件都談妥了，就該進行下一個動作了。

小妖們真的很勤奮。

空手折斷幾根庭院裡的芒草，以拿起來方便的粗細紮成一束，掃去地板上的灰塵。在不知從哪找來的水桶裡裝滿水，用扭得很乾的抹布，與匆匆地擦拭天花板的樑柱、牆壁，還有一格格的格子。

『大家都很認真呢！』

用抹布擦拭柱子的昌浩腳邊，幾隻小妖在小怪的帶領下，跑來跑去忙著到處擦拭。身體像大貓、小狗般大小的小怪，雙手相當靈活。用帶有銳利爪子的前腳清洗抹布，再把抹布扭乾後扯平。小妖們問它怎麼做，它就一板一眼地教它們這樣做、那樣做，那模樣讓昌浩不禁苦笑起來。

倒掛在樑柱上的蝙蝠回答他說：

『這裡本來就是我們居住的地方，打掃乾淨了，住起來也舒服啊！』

沒錯、沒錯的呼應聲此起彼落。

『說得也是啦！』

既然這樣，平常就好好打掃嘛！昌浩邊在心中這麼嘀咕，邊在水桶裡把抹布搓乾淨。水已經很髒了，差不多該換了。

現在是冬末，所以水很冷。

昌浩比較喜歡喝生水，所以很喜歡可以喝到冰水的冬天。但是太冷又會影響到生活，很難兩全。如果夏天也可以喝到冰水，就再好不過了。

『貴船的水，夏天應該也很冰吧！等夏天來時，去貴船膜拜順便喝點冰水好像也不錯呢！還可以搭車之輔去。』

想起初秋時，還待在東三条府的彰子看起來很熱的樣子，他不禁在心中喃喃唸著，只要帶像樣的祭品去，禮儀周到，喝點冰水應該不會遭天譴吧？

而且，他還答應過彰子，夏天要帶她去看螢火蟲。

小妖看到水桶裡的水髒成那樣，撇著嘴說：

『喲，這麼髒了啊！還是要定期打掃才行。』

小妖一把提起水桶，蹬蹬蹬走向木拉門，把水往外倒。然後消失在宅院後面，不久後就又抱著一桶清水回來了。

『從哪來的水？』
昌浩看著搖曳透明的清水問，小妖們齊聲說：『後面有一口井。』
『是人類也可以喝的水喔！有時附近的小孩子會溜進來喝。』
『不過，他們好像是溜進來試膽。』
『試膽？』
昌浩停下扭乾抹布的手，不解地問。
『對，他們說這裡住著可怕的妖怪，誰敢去後面那口井汲水回來，就證明誰的膽子最大。』
昌浩瞇起了眼睛，問：『可怕的妖怪？』
『對啊！很可怕吧？』
『誰可怕？』
『當然是我們。』
小妖們得意地挺起胸膛，昌浩回以沉默，繼續工作。再不趕工，太陽就要下山了。
『昌浩，外廊怎麼辦？』
小怪稍微掀起板窗，看著外廊，昌浩皺起眉頭說：
『她會出來外面嗎？雖然有枯芒草和圍牆圍著，不太看得見，可是……』

『為了預防萬一，還是擦一擦吧？』

『也好。』

小怪帶著幾隻小妖去外廊。

看著它們出去的昌浩，不禁有個無聊的想法，那就是如果它們也能去家裡幫忙打掃，母親就輕鬆多了。

『可以跟爺爺、父親商量一下。』

不，慢著，哪需要召集小妖們去家裡？祖父、父親或自己就可以用紙做出打掃用的式鬼了。應該會比小妖們安靜，還會毫無怨言地勤奮工作。

對了，聽說祖父跟祖母結婚前，就是這樣做家事的。

幾十年沒人住的房子，地板光擦一次還是不乾淨。換過好幾次水，擦到抹布都快爛了，才終於可以安心地赤腳走在上面。

東西向的板窗分別有兩片，南向有一片。如果是夏天，就要拆除板窗，掛上竹簾，幸虧現在是冬天，省下了這樣的時間和力氣。

打開封閉許久的倉庫，裡面堆放著佈滿灰塵和蜘蛛網的家具。倉庫沒有採光的窗戶，空氣潮濕、冰冷、不流通。幾十年來第一次有風吹進來，揚起了些許灰塵。

『你們都沒有進來這裡啊？』

為了避免吸入灰塵，昌浩用直衣袖子壓住嘴巴。回頭一看，小妖們早已跑到樑上或牆上避難，躲開了灰塵。

『我們又用不到人類的工具，除非有什麼特別的事。』

『楊楊米呢？』

『不夠大家用，所以不公平。』

昌浩眨了眨眼睛。太意外了，住在這裡的這些傢伙居然會追求平等？他沒想到會從小妖口中聽到『不公平』三個字。

個性好的妖怪，就能跟人類共存呢！

他想起不久前降伏的山椒魚。在那之後，日子一直很平靜，企圖殺死他的女術士風音銷聲匿跡了，也沒再出現什麼來歷不明的怪物，真希望和平的日子可以這樣持續下去。

『不過……』昌浩邊在倉庫裡尋找可以用的東西，邊低聲喃喃自語：『有六合等十二神將在，還有爺爺、小怪，即使發生什麼事也還好吧？』

正在倉庫裡東翻西翻的昌浩，耳朵突然掠過微弱的聲響。

『嗯……？』

什麼聲音？某種輕柔幽靜、顫抖的樂音。

他豎耳傾聽，但是沒再聽到什麼，他想可能是自己的錯覺。

『呃，嗯……』

喔，這個燈台還可以用。這個布幔架的布幔不能用了，可是圓柱子還能用，只要從家裡拿布幔來換就行了。蒲團好像太破了，需要的話，就準備幾個來。

昌浩正這麼喃喃唸著時，小怪輕快地從背後叫住他說：

『昌浩，這邊都打掃完啦！可以搬進來住了。』

『啊，嗯……』

他從倉庫搬出還可以用的家具，關上拉門，以免灰塵跑出來。如果要連這裡面都打掃，恐怕天都亮了。

小妖們把抹布捏成一團當成球踢，昌浩對它們說：『我等一下再過來。』

『好。』

『等你來喔！』

『別忘了糯米餅。』

『知道啦！』

昌浩嘆口氣點點頭，小妖們開心地向他揮手道別。昌浩也無奈地揮揮手，走出屋子。

他邊穿上打掃途中脫在外廊下的鞋子，邊垂下肩膀說：

『今晚搬家具，彰子明天才能搬進來吧？』

等著昌浩穿好鞋子的小怪嗯哼一聲說：

『不行，明天有追儺和御魂祭⑤，全京城都很熱鬧，因為隔天就是新年，京城裡的人都很晚睡，到了元旦那天又很忙，所以我認為最好是在今晚搬進來。』

聽到小怪這麼說，昌浩面露憂色。

『說得也是，要快點才行。』

太陽已經下山，冬天的白天很短，天色都暗了。

昌浩和小怪匆忙離開宅院，趕回安倍家。

3

匆匆搬進這棟無人宅院，是在天快亮的寅時。

亥時，他被祖父和父親找去，簡單報告事情經過後，立刻整理好目前需要的東西，連夜離開了安倍家。載他們來的妖車車之輔跑得很小心，極力避免搖晃。

到達時，鋪被和榻榻米已經擺在房間角落，玄武和天一端坐一旁，說有他們在不用擔心。

他們說，那些鋪被和榻榻米都是這棟宅院原有的東西，經過了整理。布幔架的布幔已經破破爛爛，所以從家裡拿了新的來。

把照亮身旁的燭火移到燈台上後，空盪盪的遼闊室內朦朧地浮現出來。

昌浩露出難過的神色。

『昌浩，你怎麼了？』

彰子不解地問，昌浩只嗯地點點頭，久久說不出話來。過了一會後，他嘆口氣，垂著頭說：『對不起。』

彰子訝異地張大眼睛，不知道他為什麼突然道歉。

『為什麼道歉？你做了什麼我不知道的事嗎？』

『不是的，不是那樣……』昌浩抬起頭來，眼中滿是苦澀。『因為我們的粗心大意，害妳必須在年關匆忙搬家，爺爺也覺得很對不起妳，必須讓妳一個人待在這裡。』

『別這麼說……』

彰子說到一半，輕輕嘆口氣，又偏著頭微微一笑說：『真要說起來，會這樣都是因為我住進了安倍家，不能怪晴明大人、吉昌叔叔或你。』

她覺得要怪也只能怪自己欺騙了世人，其實應該入宮的是藤原家的大小姐，也就是她自己。

為了減輕昌浩的心裡負擔，彰子思考著該說什麼。

『而且，每件事都很新鮮，我覺得很開心。你說我是一個人，其實並不是，你應該也知道吧？』

她環視室內笑了起來，昌浩也環視室內，但臉色還是一樣黯淡。

沒錯，縱使把神將排除在外，她也不完全是一個人。

坐在離昌浩稍遠地方的小怪，嘆口氣，望著天花板說：

『看來她本人是允許了，但是，太沒禮貌會被神將罵喔！不要忘了。』

『遵命！』

屏氣斂息的小妖們，不再隱藏身影，開心地現出原狀。有的坐在樑上，有的倒掛在樑上，有的攀在牆上，有的貼在天花板上。

各自擺出奇妙可愛的姿態，興致勃勃地看著藤原小姐。

一般人可能會受到驚嚇，或大聲尖叫、四處逃竄，或嚇得昏倒在地，但是彰子不一樣，她是個擁有一流通靈能力，並經歷過種種事件的少女，這種程度的小妖一點也嚇不了她。

『不過，睡覺的時候，可不可以請你們待在其他地方呢？』

她又補充說，其他時間都可以在附近閒晃，小妖們歡欣鼓舞地大叫知道了！

小怪看著這一幕，靈活地用前腳抓抓頭說：『哎呀，這位小姐的適應力真強啊！』

不過，它當然知道，彰子也付出了相當的努力。

昌浩和小怪回家時，已經過了卯時。他們走後，彰子立刻鋪好被子躺下來。

小妖們不等她開口，就自動移到了西對屋，所以可以安靜休息。

主屋以牆壁隔成三個空間，彰子睡覺的地方最寬敞。各個空間的往來，要經由外面的外廊或裡面的板門。她不會在這裡住太久，所以應該只用得到這個空間。

在皇宮工作的人，雖然職責都不一樣，但是每個人現在應該都忙得沒時間休息吧！

彰子從小看著父親忙碌的身影長大，所以了解那種狀況。

雖然第一次一個人過年，但這也是沒辦法的事，因為自己偏離了原本該走的軌道。

『我不知道將來會怎麼樣，但是，應該不會更壞。』

看著書畫卷軸的彰子，不由得嘆了口氣。這些書畫卷軸是她擔心會無聊，從昌浩房間借來的。

昌浩的書都與陰陽術或方術相關，幾乎都是漢字，所以要花很多時間才看得懂。

『小姐，妳餓不餓？』

玄武不知何時端坐在她旁邊，用缺乏感情、沒有抑揚頓挫的聲音問她。

彰子停下逐一指著漢字的手，看著玄武說：『嗯，好像有點餓了。』

她這才想到，這裡應該不能生火，也沒有材料，伙食怎麼辦呢？

『我沒問清楚就來了。』

她單手貼著臉頰，對剛剛才想到的事實感到錯愕。

自己會在這裡待多久呢？應該會待到一月份的活動告一段落吧？那就是七天或八天。如果待太久，就得考慮在這裡自己做飯了。

最近她比較會用菜刀了，問題是，這裡會有完整的烹飪器具嗎？

『我現在還好，可是，沒有任何食物還是讓人擔心。』

神將玄武、天一是無所謂，但是自己不吃東西就會沒力氣。

她骨碌骨碌捲起卷軸，站了起來。

『小姐？』

『今天市場應該還有開吧？』

玄武搞清楚她這句話的意思後，張大了眼睛。

『妳不該隨便外出，我們可以替妳去……』

這時候響起咚咚敲門聲。

彰子和玄武都大吃一驚，玄武立刻無聲地移動，擋在呆呆佇立的彰子面前。

不一會兒，門被拉開，晨光照了進來。

『咦？彰子、玄武，你們幹嘛表情都這麼可怕？』

昌浩探頭進來，抱著布包的小怪趴在他肩上。

『怎麼了？彰子，妳的臉都僵硬啦！是不是玄武做了什麼？』

心情顯然受到影響的玄武，不高興地揚起了眉毛。

『才不是呢！你真沒禮貌。』

『我們只是嚇了一跳，因為你們來得太突然了。』

戴著烏紗帽，穿著直衣、狩袴，一身出仕裝扮的昌浩，一溜煙進了室內，逃開冰冷的外廊。

『昌浩，你不進宮嗎？』

『等一下就去，是父親派我來的，所以是因公遲到。喏，這個給妳。』

昌浩接過小怪手上的布包，拿給彰子。

小怪從昌浩肩膀跳下來，從收在角落的行李中拖出兩個蒲團。

『做什麼？』

『來，坐下。』

小怪催促彰子在蒲團坐下來，昌浩等她坐定後，在她面前打開布包，裡面是用竹葉包著的強飯⑥飯糰和裝水的竹筒。

『我母親做的，她說時間不夠，所以先做飯糰。』

『稍後會請白虎或誰拿其他食物來，所以不用擔心食物的事。』

『我想退出宮後再過來一趟，但是除夕夜有很多雜事，如果來不了，只好對不起了。』

彰子點點頭，微微一笑說：『謝謝你特地送來，我本來想自己做點什麼……』

『彰子，妳什麼都不用擔心啦！』

小怪甩甩尾巴，舉起了前腳，然後用後腳直立起來，拍拍昌浩的肩膀說：

『差不多該走啦！這裡離皇宮很遠，快走吧！』

『說得也是。』

今天是一年的總結，雖然取得了許可，最好還是早點進宮。

彰子站起來送昌浩離去。

當她看著昌浩在冰冷的外廊穿鞋子時，背後響起咯咯笑聲。

『喲，送他出門呢！』

『不愧是未來的老婆。』

『到時候不曉得有沒有三日夜之餅⑦可以吃呢？』

『啊！對了，糯米餅、糯米餅！』

『還要互換衣服吧？』

『喂！這裡又不是女方家。』

小妖們哈哈大笑，昌浩狠狠地瞪它們一眼，大叫說：

『吵死人了，安靜點，小妖們！』

小怪瞇起眼睛交互看著昌浩跟彰子。

怒吼的昌浩、苦笑地看著這一幕的彰子，兩人的臉都微微泛紅。

沒錯，看在旁人眼中，的確很像在早上送新郎回家，但是這麼明說的話，昌浩一定會拿它出氣，所以小怪視而不見，保持沉默。

背後的玄武也一樣，保持微妙距離保護著彰子。沒看到天一，大概是回安倍家拿一些瑣碎的東西。

雖然有卷軸和書籍，還是不足以打發時間。

昌浩一把抓起正東想西想的小怪的脖子，不理會小妖們的調侃，笑著說：

『那我走了。』

『小心走……啊！請等一下。』

昌浩才剛轉身就被叫住，彰子冷不防地將手伸向回過身來的他。

『你的烏紗帽有些歪了……好了，這樣就行了。』

『啊，嗯，那麼，我走了。』

昌浩動作僵硬地揮揮手，抓著小怪，撥開芒草離去。

彰子目送他離去後，環視整棟宅院。

她是摸黑來到這裡，沒看清楚宅院的模樣。豎立在芒草前的圍牆已經老舊不堪，到處都是破洞。彰子就是從這樣的牆壁破洞鑽進來的，而不是從正門。因為昌浩說，從那裡進來，門可能會坍塌。

『彰子小姐，這裡很冷，最好進去取暖。』

玄武用與外表不搭調的沉穩語氣催促她，她才回到屋內，坐在蒲團上。

看到昌浩和小怪帶來的食物，她不由得會心一笑。

她跟安倍家的人說過，自己一個人也沒問題。然而他們還是這麼費心，讓她覺得很開心。一想到這裡，儘管這個房間如此冰冷，她的心中卻像燃起了溫暖的火苗。

她觸摸竹葉，發現還是溫的。昌浩一定是趕得很急，生怕飯糰冷了。

今天是一年的結束，而這裡是空盪盪又冰冷，只有神將玄武隨侍在旁的寂寞宅院。

自己必須避開他人的耳目生活，今後可能也經常會被迫處於這樣的情況中。

福。

但是，她現在生活的地方，有昌浩的笑容陪伴，而且處處有溫情，她真的覺得很幸福。

4

彰子規規矩矩地吃完微溫的強飯飯糰配白開水，稍歇一會後，用心地摺好布巾，正在收拾善後時，幾對眼睛像算準了時間似的，從掀起一半的板窗下面往裡面窺視。

『小姐、小姐！』

為了讓光線進來，他們稍微掀開了南向的一片板窗，再用宅院原有的舊憑几卡住，以免滑下來，彰子就是從那個縫隙看到趴在外廊上的小妖們。

玄武警戒地以沉默威嚇它們，彰子用眼神制止他，偏著頭說：『什麼事？』

『我們不會做壞事，可以進去嗎？』

『昌浩跟式神說，沒有妳的許可就不可以進去。』

『式神？』

彰子眨眨眼喃喃問著，角落裡的圓圓小妖回她說是啊！

『就是那個外表像白色異形的式神，他生起氣來很可怕呢！』

『孫子也是，別看他那樣，能力也很強呢！』

『可是告訴他的話，他會得意忘形，小姐，不能告訴他喔！』

彰子忍不住笑出來。昌浩說過，棲息在京城裡的小妖們，基本上都是對人類無害的好傢伙，她也這麼覺得。

『只要不搗蛋就行了……可以吧？玄武。』

彰子請示默默坐在旁邊的玄武，小孩子模樣的神將面無表情地回答：

『小姐同意就可以。如果它們敢鬧事，我就叫六合把它們全砍了。』

玄武本身沒有攻擊的力量，也沒有武器，所以要動用武力時，必須藉助他人。

小妖們很清楚那個沉默、面無表情的木將，全身顫抖地點著頭。

『好，進來吧！』

去安倍家的天一還沒回來，現在只有玄武一個人保護著彰子。他一個人也沒什麼好擔心的，但是發生什麼事時，有沒有人幫忙還是有差，所以他面無表情的外表下，暗自希望天一可以早點回來。很可能是朱雀捨不得跟她分開，把她拉住了，如果真是這樣，另外派白虎、太陰、天后或六合來也可以。

想到這裡，他又告訴自己不行，搖了搖頭。

今晚是除夕夜，要舉行追儺和御魂祭，他們的主人安倍晴明絕不可能置身事外，會忙得不可開交。每件事都要他操心，對他年邁的身體有點殘酷。

就在玄武思考著這些事時，小妖們都聚集到彰子身旁，一屁股坐了下來。

『小姐、小姐，妳彈琴嗎？』

『琴？』

小妖們一起用力點著頭。

『那邊的對屋裡有琴呢！』

『不只琴，還有整套貝合道具⑧。』

『無聊的話就來玩那個吧？』

玄武瞇起黑曜石般的雙眸，很訝異西對屋竟然有那種東西。

對了，這座宅院為什麼會無人居住呢？他從來沒想過原因，但是，總不會曾經發生過什麼血淋淋的事件吧？晴明會知道這座宅院，很可能是過去曾經為了這一類的事，來祓除過沉積的怨念或死靈。

『晴明啊！你總不會讓彰子小姐住在「那種地方」吧？』

晴明要是聽到這樣的臆測，一定會很難過，愁眉苦臉地說，你們把我這個主人當成了什麼？

正埋頭苦思的玄武突然發現眼角有衣服閃過，趕緊移動視線。

『小姐，妳要去哪？』

彰子站了起來，正要跟著小妖們走。

看到玄武半蹲起來，彰子指著西邊說：『它們說西對屋有琴，我想去看看。』

『應該很舊了。』

『嗯，我想也是……』彰子停頓一下，瞇起眼睛說：『可是我好久沒彈琴了。』

『——』

這樣啊！

玄武點點頭同意了。

彰子住在東三条府時，身旁一定少不了琴、琵琶等樂器。管弦樂器是千金小姐、貴公子的學養之一，她是當代第一大貴族家的大小姐，當然學過。

但是，安倍家沒有這類樂器，頂多只有橫笛或笙。不會有人邀請安倍家的男生們參加管弦之宴，所以他們不需要。

『妳想要琴？』

被玄武這麼一問，彰子訝異地張大了眼睛。

『為什麼？』玄武又問。

『你問我為什麼，我也很難回答……』

其實玄武對樂器沒什麼興趣，只是隨口問問而已。

『我只是想看看……放在這裡這麼久了，應該不能彈了，但是，看到琴就可以想像以前是什麼人在彈。』

是這樣嗎？

玄武跟在被小妖們揮手召去的彰子後面，喃喃自語著。

『我搞不懂那種微妙的東西。』

雖然長久無人居住，外廊和渡殿卻一點都不髒呢！

彰子走向西對屋時這麼說，小妖們立刻驕傲地挺起了胸膛。

『因為我們打掃過啊！』

它們在小怪的帶領下掃除灰塵，勤快地用抹布擦過。

『昌浩和式神回去後，我們想掃都掃了，就乾脆掃得徹底一點。』

『進了西對屋，發現什麼東西都有呢！』

『我們就找找看，有沒有小姐可能會喜歡的東西。』

『找到了貝殼、琴。』

幾隻小妖有點吃力地推開關閉已久的木拉門，裡面的空氣夾帶著灰塵。雖然打掃過，但沒有主屋那麼仔細。

湧入西對屋的小妖們，指著靜靜橫躺在深處的細長布條說：『妳看，那就是琴。』

板窗關閉著，從木拉門照進來的光線照不到深處，彰子慢慢地走進西對屋。

『彰子小姐……』

她回過頭對擔心的玄武說沒事，在小妖們旁邊蹲了下來。

輕輕掀起的細長布條下，是一把雖然老舊但手工精細的琴。對於和琴、琴⑨和琵琶，彰子都有某種程度的涉獵，其中最拿手的就是琴。

『好像已經很老舊了……』

她輕輕伸出手，用手指彈了一下。地上有琴移動過的痕跡，應該是昨天打掃時留下來的。會留下這樣的痕跡，可見已經閒置很久，琴弦卻完全沒有走音。

她試著用左手按著琴弦，彈奏自己還記得的旋律。琴所發出的音色與她耳朵的記憶分毫不差。

彰子呼地嘆了口氣，說：『真是令人驚訝……』

沒有維修過的琴，竟然可以保持如此正確的音色。

小妖們欣喜若狂，因為彰子很滿意它們發現的琴，所以它們既得意又開心，興奮得飄飄欲仙。

『小姐、小姐，這套貝合也能用呢！』

『還有棋盤、棋子。』

『真是應有盡有。』

彰子對小妖們微微一笑，然後低頭看著琴。沒有走音的琴，彷彿潛藏著某種力量。她有高超的通靈能力，如果有不祥的東西，她不可能看不出來。連十二神將也可能錯過的極小身影，都會精準地映入她的『眼睛』。

沒有那種恍如冰冷的手掌拂過背脊般的不祥感覺，琴本身也沒有變成妖怪。如果有那種徵兆，彈過琴的她會感覺得出來。

她看看玄武，玄武深邃的黑亮雙眸正懷疑地瞇成了一條線。但是，投注在琴上的視線，很快又回到了她的身上。既然玄武的表情沒有變化，那麼就是自己想太多了。

彰子啪噠啪噠拍去布上的灰塵，蓋在琴上，站起來。

『這應該是某個人非常珍惜的琴，我最好不要碰觸。』

『咦？』

小妖們發出失望的聲音，彰子對著它們苦笑，偏頭說：『我會請昌浩幫我看看，如果沒怎麼樣，我再彈。不過我很久沒彈了，說不定手指都僵硬了……』

在東三条府時，沒隔三天就會碰觸樂器，幾乎成了日課，因為實在也沒有其他事可做。

小妖們纏繞在彰子身旁，你一言我一語地說：

『請昌浩來看啊？有點不放心呢！』

『他只是個孫子。』

『他有晴明那麼可靠嗎？』

彰子冷不防地站起來，雙手扠腰，看著四周的小妖們說：

『當然可靠啦！昌浩曾經救過我，是個前途無量的陰陽師呢！』

『哈啾！』

這時候，在不知情的狀態下，被掛保證是個前途無量的陰陽師的昌浩本人，正在忙追儺忙得天翻地覆的皇宮陰陽寮的一角，一如往常勤奮地磨著墨。

陰曆一月的新年特別版曆表的份數不足，所以突然冒出了抄寫的工作。

上面的人說，只要他把曆表抄完，再把東西收拾好，就可以退出宮，因為接下來的工作與下級官員無關。但是昌浩今天遲到，所以不敢那麼做。而且追儺後還有御魂祭，他怕人手不夠。

『看來，今天是不可能再去彰子那裡一趟了。』

昌浩這麼嘟囔著，小怪看看他手上的工作，嗯了一聲說：『是啊！過了子時就是元日了，新年活動會接踵而來，最好是能趁今天去一趟……』

『昌浩，你還沒抄寫完嗎？』

昌浩抬起頭，來問他的是陰陽生藤原敏次。

『對不起，可以再等一下嗎？』

『快一點。』

幸虧敏次對他的態度多少軟化了一些，所以這樣就沒事了。要是一個月前，一定會說一堆很難聽的話。

昌浩喘口氣，再拿起筆來。他必須把不開心的事、該反省的事，都留在今年，以健康、開朗的身心迎接新年。

小怪對著振筆疾書的昌浩，用前腳搔著耳朵一帶。

『總之，抄完這些後，最好還是退出宮去看看狀況，這樣你也比較放心吧？』

昌浩停下筆，看著夕陽色的眼眸，顯得有些為難，但還是默默點了點頭。

他有種莫名的預感。

在看見那棟宅院時，有種說不上來的感覺，就像某種迷濛無形的東西，如泡沫般在胸口濺開來。但是，還不至於讓他產生危機感，也不是伴隨著戰慄那麼迫切的感覺，所以，他想應該是自己多心了。

有時，他會深切感受到，『預感』和『預言』是陰陽師的專屬權利。

『請在陰陽師前面加上「部分」這個詞，並不是每個人都有預感、預言、通靈、降妖的專屬權利。』

『怎麼會多了這麼多陰陽師呢？』昌浩反唇相譏，感嘆地聳了聳肩。

在追儺儀式開始前溜出皇宮的昌浩，趕往七条附近的藏身宅院時，在路上遇到一個虛弱、垂著頭的年輕人。那個年輕人腳步雖然蹣跚，但還是不停地往前走。

昌浩不由得停下腳步。走在他旁邊的小怪遲疑地皺起眉頭，只轉動眼珠子看著昌浩說：『……不要管他吧？』

『嗯……看起來不像會做壞事。』

那樣子應該是剛從皇宮出來，頭戴烏紗帽，身穿著直衣、指貫⑩。

『是在退出宮的回家路上去世的嗎？』

『很像是。』

仔細看，年輕人的身體是透明的。沒帶著隨從，應該是沒有隨從。

昨天他們也在差不多時間經過這裡，並不記得遇見過他。

昌浩雙手抱著後腦勺，神色凝重地說：

『可能是御魂祭的關係而回到了人間，希望他能回得去。』
最後一天除夕夜，除了追儺活動，還有一個御魂祭，就是把死者迎回人間的儀式，但是頂多回來幾天，就會再回到那個世界，應該不會造成什麼禍害。
背對著他們的年輕人看著地面，好像一直在找什麼。是不是掉了東西，有所遺憾，所以在這裡徘徊呢？該不該幫他呢？但是昌浩自己也有急事，猶豫著不知該如何是好。
『怎麼了？』
小怪皺起眉頭問他，他支支吾吾地說：『嗯……沒有啦！應該沒事。』
『你在說什麼啊？』
昌浩一把抓起板著臉的小怪的脖子，搖了搖頭。那個年輕人看起來不像會做壞事，昌浩想就當沒看到吧！
『沒有啦！真的沒什麼。我們快走吧！不能溜出來太久。』
從牆壁破洞鑽進去，撥開枯草，走到建築物前，就可以看到板窗內的朦朧亮光。圍繞著建築物像漣漪般的微微波動，掠過肌膚，那是十二神將玄武的結界。除了無害的小妖外，平安京裡還有很多會危害人類的妖魔鬼怪，結界是用來防禦這些妖魔鬼怪入侵。
但是結界是肉眼看不到的東西，無法當成遮蔽物，昌浩有點擔心從外面會不會看得見主屋的亮光，回頭看著來時路說：『小怪，能不能幫我確認從外面看是什麼樣子？』

『好啊！』

小怪應了一聲，撥開草叢往前走，很快就不見了蹤影。

昌浩看著它離去，突然覺得脖子上有什麼凝結物，於是把手伸向脖子，用被風吹得冰冷的掌心按著脖子，環視周遭。

怎麼回事？這是昨天和今天早上都沒有感覺到的氣息，彷彿沉澱、凝結已久的東西，化開、飄散出來了。

但是，這個氣息轉眼又消失了。

沒多久後回來的小怪，微瞇起夕陽色的眼睛說：

『應該是看不到，不過，如果有多事的人刻意窺視就很難說了。』

『是不是該施行遮蔽咒術會比較安全呢？』

昌浩抓抓後腦勺喃喃說著，同時繞到木門前，脫下鞋子，走上外廊，咚咚敲著門。

『是我。』

他先出聲招呼再拉開門，看到彰子跟玄武、天一圍繞在燈光旁。

他一走入燈光照射的區域內，彰子就開心地微笑起來。

『昌浩，你的工作沒關係嗎？』

『我是溜出來的，所以還要趕回去。有沒有缺什麼東西？需要什麼儘管告訴我。』

彰子嗯一聲點點頭，稍微挪動身子，空出位子給昌浩坐。昌浩坐下來，抬頭看了一下天花板。

小妖們果然都在天花板上，興匆匆地看著他們。

彰子看到他的表情，也跟著抬頭往上看。小妖們嘻嘻笑著跟她揮手，她也輕輕揮手回應。

小怪看到這樣，心想她跟它們之間的關係還真不錯呢！總比被它們疏遠或耍弄好。

昌浩問彰子晚餐吃了沒？白天都做些什麼？兩人聊著無關緊要的事，天一和玄武默默守護著他們，小妖們嘰嘰喳喳小聲說著悄悄話。

小怪試著豎起耳朵傾聽，聽到它們在說兩人將來會怎樣怎樣、兩人都太悠哉啦怎樣怎樣、又太晚熟啦等等，想到什麼就說什麼。但是，小怪完全同意它們的說法，可見小妖們偶爾也會說中要點。

『昌浩？』彰子循著昌浩的視線望過去，不知道發生了什麼事。『怎麼了？』

『沒……沒什麼……』昌浩正看著西側。『剛才好像聽到什麼聲音……』

那是寂寞、餘音繚繞、帶著顫抖的聲音，感覺很熟悉，他曾聽過非常類似的聲音。

『呃……啊，是鳴弦⑪，拉彈弓弦的聲音，有沒有聽見？』

昌浩問，大家都搖搖頭。他抬頭看看天花板，小妖們也搖著頭。

『小怪？』

『我沒注意到呢！不過既然你這麼說，應該是有響過，最好不要當作是自己多心了。』

小怪保持謹慎的態度，玄武和天一也點頭贊成。

『很不可思議，有時候，通靈的人類會比我們更敏銳地察覺到妖魔。』

『彰子小姐沒有任何感覺嗎？』

被問到的彰子思考了好一會。目前，她並沒有察覺身旁有什麼東西，但是昌浩是陰陽師，他的話有足夠的分量，既然他這麼說，就值得相信。

『目前是沒有……不過既然昌浩這麼說，我會小心的。』

『真的要小心喔！有什麼事我會馬上趕來。』

『嗯，知道了。』

彰子點點頭，昌浩呼口氣，放鬆肩膀站起來。

差不多該回皇宮了。他雖然有報備暫時外出，但畢竟不是完全退出宮，所以不能離開太久。太不知節制，又會被敏次那些人罵。

敏次不會責罵有正當理由的人。以正直來形容他，應該再貼切不過了，所以昌浩只要老實告訴他這樣、那樣的理由，就不會挨他罵。問題是，昌浩的行動大多是為了不能公開的理由，結果只能做不清不楚的解釋，所以老是挨罵。

跟早上一樣看著昌浩穿鞋的彰子，突然抬起頭來，對著滿天星空發出了驚嘆聲。

『哇……好美啊！』

昌浩聽到了，也抬起頭看，然後再將視線拉回彰子身上，笑著說：

『再美麗也不能一直站在外面看，會感冒喔！趕快進屋裡睡覺，不要著涼了。』

下次見面就是新年了。僅僅相隔一個晚上，就是新的年度。這一晚明明跟平常沒什麼不一樣，在曆書上卻有著重大的意義。

彰子對著撥開草叢離去的昌浩揮手時，好像聽到了微弱的弦音。

『……？』

——好像有什麼聲音……

她想起昌浩說的話，昌浩說是鳴弦的聲音。

她的視線四處游移，眼角餘光捕捉到一個移動的東西。

因為她站在外廊上，視線比平常高，超越了芒草的高度，所以隱約可以看到圍繞宅院的圍牆，那個移動的東西就在牆外。

彰子眨了眨眼。她的『眼睛』可以看到一般人看不見的，不屬於這個世界的東西。

是個戴著烏紗帽的年輕人，因為有段距離，所以看不見他的長相。但是，應該是個年輕人，身高比安倍吉昌高一點，挺直了背脊，毫無顧忌地邊走邊往裡面窺探。

宅院覆蓋著玄武的結界，所以那個年輕人應該沒有發現彰子，而且，顯然不是活人的他，給人的感覺並不可怕。

突然，年輕人停下了腳步，直直盯著這裡。不，他看的是——

弦音再次掠過彰子的耳朵，是一種悲哀、顫抖的聲音。

年輕人望著宅院好一會後，沮喪地垂下肩膀，低著頭往前走，沒走幾步就消失了。

5

從七条的宅院回到皇宮時，已經過了亥時。

七条與皇宮之間果然有段距離，比安倍家所在的一条更遠，所以如果發生什麼事要盡快趕到時，恐怕很難靠自己的腳程。

『還是叫車之輔暫停夜間散步，隨時待命吧！』

聽到昌浩這麼喃喃唸著，小怪在他肩上竊笑。

元旦當天舉辦的宴會有管弦樂演奏，所以經過雅樂寮時，聽到裡面正在排練最後的合音。

『啊！聽到橫笛聲，讓我想起了一些事。』

舉行元服儀式前，他曾拜師學過。那已經是半年多以前的事了，真是光陰似箭啊！

他正感慨不已時，小怪說：『對了，你不是答應過彰子，要吹橫笛給她聽嗎？』

『唔……』

被戳到痛處，昌浩無言地呻吟著，露出一張苦到不能再苦的苦瓜臉。小怪又接二連三地炮轟他說：『你最好練習一下吧？我覺得她雖然嘴上不說，其實應該很期待。』

『你還說……』

昌浩摀住臉，唉聲連連。這是個頭痛的問題，昌浩的技術只到吹得出聲音來的程度，連吹奏簡單的曲子，手指都不聽使喚。

『我根本沒有時間練習，最好趁彰子搬回來前……』

昌浩的話突然中斷，停下腳步，張大了眼睛。

『怎麼了？』

小怪不解地問，昌浩有些茫然地喃喃說著：『不對……那不是鳴弦。』

『什麼？』

昌浩回頭望向南方，眼中充滿了緊張的神色。

從雅樂寮傳出了相同的聲音——在七条宅院時，只有他一個人聽見的聲音。

『那是……弦音……』

追儺的收場是在晚上，由陰陽寮的官員在南殿湖畔唸誦祭文。擔任此項任務的人，是陰陽寮的最高長官——陰陽寮長。

『啊，鳴弦……』

在陰陽寮的一角等待儀式結束的昌浩，聽到乘風而來的微弱聲音，這麼喃喃唸著。

鳴弦是為了驅鬼。追儺又稱為『鬼遣』，就是把在寢宮裡鑽動的瘟神，從清涼殿的水溝趕走的儀式。

『看樣子，結束後，就要開始準備元旦的活動了。』

趴在昌浩旁邊的小怪偏著頭，用微眯的夕陽色眼睛看著昌浩。昌浩露出沉重的表情說：『是啊！應該是……可是，我得去一趟七条。』

在那棟彰子藏身的宅院，他的確聽到了弦音。然而，只有他聽到——會不會是預感或預言之類的呢？

當時也在場的彰子，具有首屈一指的通靈能力。在感知超越人類智慧的現象這方面，彰子的能力遠遠凌駕昌浩。

彰子卻說她沒有聽到。昌浩有而彰子沒有的，就是透視未來的能力。

昌浩的這種能力並不是特別突出，不過，他是曠世大陰陽師安倍晴明的孫子，也是被稱為『第一預言家』的安倍吉平的侄子，所以，對自己的感覺應該可以比其他人更有自信。

時間早已過了亥時，彰子一個人沒什麼事做，可能準備就寢了。

他突然想起彰子送他離開時的身影。

在東三条府時，她身旁有很多侍女和家人。她有弟弟、妹妹，雖然不是天天見面，但也是同住在一個屋簷下。

因為那起事件而搬到安倍家後，白天有晴明、露樹，晚上昌浩和吉昌也會回來，生活還是很熱鬧。

所以住在那麼空曠的宅院，過著除了神將和小妖外，只有自己一個人的生活，恐怕是第一次。

『今年做不到，但是……』

『嗯？』

小怪抬頭看他，他鄭重其事地說：

『我會花一年的時間好好佈局，讓她明年可以在我家過年。』

讓她可以安心住在家裡，不用再擔這種心，不用再一個人過年。

小怪眨著眼睛，點點頭，跟昌浩穿過廂房走到外廊上。到處都燃燒著紅紅篝火，風冷冷地吹著，完全感覺不到春天就快來了。

『希望那裡夠暖和……』

就在望向南方瞇起眼睛的瞬間，昌浩覺得背脊發涼，雙眸凍結，心臟不自主地狂跳起來，頭腦深處敲起了警鐘。

大張的眼睛裡，烙印著突然浮現的光景。

沉睡的少女和鋪天蓋地般伸出手來的慘白影子。

聲音響起，是深邃飄渺、顫抖、餘音繚繞不絕的弦聲。

『昌浩，你怎麼了？』

小怪察覺他的樣子不對勁，跳上他的肩膀，盯著他的臉看。

昌浩全身血色盡失，狂跳的心臟速度不減，胸口卻冰冷得逐漸凍結。

『是弦的聲音……』

他勉強擠出這句話，立刻蒼白著臉轉過身去。

突然失去平衡的小怪被甩下來，在半空中翻身落地，一著地立刻追上昌浩，眼睛閃過不安的光芒。

『弦……？』

因為沒事做而早早就寢的彰子，突然從睡眠的深淵被拉上來。

睡前捻熄了燈台，所以主屋裡一片漆黑。

圍繞榻榻米的布幔和屏風後面，有神將的氣息。她豎耳傾聽，只聽到自己響亮的心跳聲。

好冷，溫度急遽下降，外衣和綿衣下的手指冰冷得超乎想像。

彰子只轉動眼睛，窺視周遭狀況。無法形容的寒顫從背脊爬到脖子，全身彷彿被看不見的鎮尺⑫壓住，不管怎麼用力，手指都動彈不得。

太奇怪了，昨晚並沒有發生這種事。小妖們都很安分守己，建築物周遭也還覆蓋著玄武佈設的結界，應該沒有怪物能入侵。

她從動靜察知玄武和天一在布幔後面現身了。

『……』

耳邊傳來微弱的低聲細語，她訝異地望向發聲處，看到一個長髮女人就在她身旁。

女人緩緩傾身向前，被頭髮蓋住的雙眼俯視著彰子。從髮間隱約可見的嘴巴，微微蠕動訴說著什麼。

『小姐！』

玄武和天一掀開布幔，看到動彈不得的彰子和壓住她的女人，連玄武都大驚失色。水的波動瞬間湧現，天一的頭髮也緩緩飄揚起來。他們兩人都不具攻擊力，但是有驅邪的力量。而且主人命令他們保護彰子，所以大可不必手下留情。

從通天力量的波動衍生出清冽氣流，女人在吐著白色氣息的寒冷中突然撤身離開。掩蓋臉龐的頭髮凌亂飄揚，稍微露出了低垂的臉，彰子不由得張大眼睛。

那是個沒有瞳孔的女人！怎麼會這樣——

『退下！』

天一發出命令，聲音不尋常的強硬。旁邊的玄武以銳利的眼光看著女人。

彰子耳邊傳來微弱的弦音，那悲涼的聲響是來自西對屋。

『那把琴……？』

女人虛弱地跪下來，極力抗拒兩名神將的壓制，伸出手來抓住綿衣的下襬。

『……我……』

寒氣更強了，刺激著彰子的皮膚，讓她冷得疼痛，身體像被封在冰塊中動彈不得，她在心中叫喊著。

……！

這時候——

從遠處傳來車輪聲，瞬間靠近，停在宅院前。不一會兒，木門被粗暴地拉開來。

『彰子！』

一個白色物體從衝進來的身影一躍而下，滑入女人與彰子之間。

全身白毛豎立，發出低沉的鳴吼聲。

接著，昌浩從懷裡抽出符咒，站在女人面前。

『玄武、天一，你們在做什麼?!』

昌浩頭也不回地怒吼，注視著死靈，揮揮符咒，調整呼吸。

外面的風灌進來，壓迫彰子的意念突然消失，身體頓時輕盈起來。彰子連做了幾次深呼吸，強撐著爬起來。

『不管妳是怎麼闖進來的，我絕不放過妳！』

昌浩怒氣沖沖地唸起真言。

『嗡阿比拉溫坎……』

『慢、慢著！』

彰子突然抓住昌浩的腳，吃驚的昌浩停止唸咒，回過頭去。

『彰子？』

『求求你，聽聽她怎麼說。』

面對這樣的突發狀況，不只昌浩，小怪和玄武等神將也都驚訝得說不出話來。

『什麼?!』

『不要降伏她，因為……』彰子看著女人，難過地說：『她一直在哭。』

『咦？』

昌浩注視著女人。

長長的黑髮掩蓋著慘白的臉，看不見表情。女人微偏著頭，頭髮散開來，從髮間看到的臉頰上是透明的眼淚。

『……我……』

沒有血色的嘴唇發出細微的聲音，與弦聲重疊。

昌浩將注意力放在弦音上，最初只是微弱響聲，漸漸形成哀戚的旋律。

女人佇立了一會，忽然轉向西對屋，就那樣消失不見了。

昌浩呼地鬆口氣，隨即回頭看著彰子說：『妳沒事吧？』

昌浩抓著她的肩膀問。她滿臉驚訝地點點頭。

『嗯……沒事。昌浩，你不是在皇宮裡……』

『他察覺妳有危險，立刻拋下工作的事，召喚車之輔，全速趕來了。』

小怪替昌浩回答。昌浩突然放開抓著彰子的手，撇開視線。

『昌浩？』

『沒……沒有啦……』

『彰子小姐，快披上外衣……』

彰子訝異地看著驚慌失措的昌浩。天一悄悄在她耳邊說：

被這麼一提醒，彰子猛然低頭看看自己的樣子，這才想到因為已經就寢，所以只穿著一件單衣。她慌忙披上外衣，再轉向昌浩說：

『我覺得剛才那個人想對我說什麼。』

她摩擦著凍僵的雙手，猛吹氣，但是手還是沒有恢復知覺。

『妳沒事吧？』

她對擔心的昌浩點點頭，指著西對屋說：

『西對屋有一把琴，應該很久沒彈了，弦卻完全沒有走音。』

昌浩和小怪面面相覷。昌浩對弦樂器完全不了解，但是聽彰子的語氣，那好像是很奇怪的事。

彰子摀住嘴，若有所思地垂下眼睛說：

『我有聽到弦聲，那應該是琴弦……昨晚好像也有聽到。』

昌浩一陣愕然，原來他誤以為是鳴弦的那個聲音，真的是樂器的弦音。

小怪思考了一會，露出銳利的眼神，劈唏甩一下尾巴說：

『看來關鍵是那把琴，我們去看看。』

他們點燃了蠟燭照路，走到西對屋，一打開木門就流洩出灰塵彌漫的空氣。

他們透過燭光，屏息凝視——一個女人坐在房間深處。

彰子抓住昌浩的手，昌浩對她輕輕點點頭，她才放鬆了手的力量。

女人坐在琴前，低著頭，纖纖玉手放在不知何時已掀開布蓋的琴弦上。不管女人怎麼移動手指，弦都沒有動靜，但是卻聽得到琴聲，柔和的音色編織成扣人心弦的旋律。

這幾天聽到的，果然就是這個琴聲。

女人邊彈著琴，邊默默流著淚。

『……』

嘴巴好像喃喃說著什麼，問題是昌浩他們都聽不懂。

昌浩皺起眉頭思考。

他想起在陰陽寮時，突然閃過腦海的光景——死靈出現在彰子身旁，向彰子伸出了雙手。他只看到這樣，所以心跳急遽加速。

瞬間，他忘了有玄武、天一在，也忘了有玄武的結界，任何東西都不可能入侵，就那樣衝出了陰陽寮。

但是現在看來，死靈並沒有惡意。

琴聲訴說著悲哀，帶著深深的傷痛顫抖著。

小怪看著這一切，閃爍著夕陽色的眼睛說：

『那個女人的心留在這把琴上，應該是發生過什麼事吧？』

『你是說她有心願未了？』

『應該是，但是昨天靠近西對屋時，沒什麼感覺啊！』

看到小怪露出茫然不解的神色，彰子輕輕驚叫一聲：『啊……』

『怎麼了？』

昌浩轉向她。

『今天早上，我稍微彈了一下。小妖們說這裡有琴，所以……』

原來如此。小怪點點頭，終於明白了。

『那麼這就是起因，但是光知道起因，不知道原因也不行。她有未了的心願，所以依附在琴上，應該是希望我們幫她完成那個心願吧？』

小怪用後腳坐著，前腳靈活地環抱胸前。昌浩低頭看著思索中的小怪，也露出同樣的表情，搔著頭說：『只要彰子沒有危險就沒關係了。玄武、天一，你們是怎麼保護的?!』

昌浩的語氣強烈，兩名神將意志消沉地垂下了頭。

『對不起。』

『沒想到會發生在結界中，完全是我們的失策。』

昌浩嘆了一口氣。這件事不能只怪神將，昨天他自己跟小怪也來過，當時沒有察覺，是他們的錯。

『最好能把她送回安倍家，可是……活動從明天才正式開始。』

躲到這裡來是為了暫時避開新年的賀客。現在要馬上搬走，就得重新尋找藏身處。

女人彈了一會，心灰意冷似的垂下頭，咻地消失了。但是，還殘留著悲哀的意念，她的心還繫在琴上。

一行人輕輕拉開木門，回到了主屋。

感覺更冷了，所以他們在火盆裡放入木炭。火種延燒到木炭後，逐漸暖和了起來。

昌浩擔心地對不斷摩擦雙手的彰子說：

『妳真的沒事?今天是不可能了，但是我會盡快找其他藏身之處……』

『這裡就行啦!那個人又不會殺我，可能的話，我還真想幫她……』

彰子說到這裡，嘆了口氣。她真的很想幫那個女人，可是她只有『看』的能力。真要幫那個女人的忙，還是得靠昌浩和神將們。

天一和玄武隱形了。只有她和昌浩、小怪圍繞著火盆，但是他們兩個也要盡快趕回宮去。

『昌浩，你不用回去嗎？』

『等一下就走，可是……對了，乾脆把小怪留在這裡吧？』

『我是東西啊？』

昌浩不理睬半瞇起眼睛的小怪，接著說：

『啊！就這麼決定了。找六合來也可以，可是他太安靜、話又少，要打發時間的話，還是把聒噪又好動的小怪留下來比較適合。』

『差點被你輕快的語氣給騙了，喂，你也說得太過分了吧！』

『只要拜託它，它什麼特技都會表演給妳看喔！一定會。不，就算不拜託，它也可能會表演給妳看。』

『你說夠了沒？不要在這裡胡說八道！』

『有什麼關係呢？反正小怪待在我旁邊也只是睡大覺。』

『我是為了不想給你壓力，故意裝出慵懶的樣子，你連這樣都看不出來嗎？晴明的孫子！』

『不要叫我孫子！你不過是隻閒閒沒事幹的怪物！』
『不要叫我怪物！』
彰子很開心地看著像平常一樣展開舌戰的昌浩和小怪。
有昌浩和小怪在，還是比她一個人獨處安心多了，又很開心。

6

一般人聽不見的嘎啦嘎啦車輪聲響徹了夜晚的京城。車之輔載著前往皇宮的昌浩和小怪，在朱雀大路上全力疾馳。
結果，昌浩說要把小怪留下來的提議，被彰子委婉地拒絕了。
有天一和玄武在就行了，而且如果有什麼事，昌浩也一定會趕來吧？
她這麼說。
沒錯，如果有什麼事，昌浩一定會趕到，但畢竟還是有極限。昨晚是正好察覺，也會有無法察覺的時候。
看到昌浩抱頭苦思的模樣，小怪在心中嘟嘟囔囔唸著。
不、不，只要扯上彰子，你一定會察覺，所以不用杞人憂天。

昨晚就是最好的證明。從第一次見面開始，昌浩就守護著彰子。

車之輔停下來了，應該是到了皇宮附近。太靠近很可能被發現，所以他們都選在暗處上下車。

『謝謝你，車之輔，突然把你找來，對不起。』

昌浩這麼道歉，車之輔就輕輕搖晃車轅，意思是請不要介意。之後又說了什麼，小怪像平常一樣幫它做口譯：『它說為了預防萬一，它會在這附近待命。你覺得呢？』

『咦？啊，應該不會有事……不過為了小心起見，能不能還是請你待在戾橋下？』

車之輔嘎登垂下車轅，奔向了安倍家的方向。

昌浩喘口氣，邁出步伐。從星星位置來看，應該已經過了子時。他沒有向任何人報備就跑出來了，被發現一定會挨罵。抱定挨罵的決心後，他開始思考另一件事。

依附在琴上的女人，究竟是誰呢？

他一把抱起蹬蹬蹬走在旁邊的小怪，喃喃說著：『爺爺會不會知道那是誰呢？』

『很難說，晴明再怎麼樣也不可能把彰子送去有死靈依附的無人宅院。不過，換了是你，就有可能把你送去。』

『……的確有可能。』

昌浩的臉苦到不能再苦了，以前，晴明曾經有過把幼小的他丟在貴船的紀錄，所以如果對象換成是他，晴明一定做得出來。

但是，這次的對象是彰子，她是寄宿在安倍家裡的很重要的人，也是權傾天下的左大臣之女。晴明再偉大，也不可能做那種傻事。

『那麼，爺爺也不知道那把琴的事吧……怎麼辦呢？』

昌浩認真地煩惱著，小怪瞥他一眼，眨了眨眼睛。

看他那個表情，應該是打算實現彰子的願望。

送走昌浩後，在天一他們的勸說下，彰子又躺回鋪被上。

吹熄燈台後，屋內一片黑暗。她知道神將就守在重新擺好的布幔架外，但是，不知道是不是自己多心，總覺得氣氛有些僵滯，可能是剛才被昌浩罵，所以繃緊了神經。

彰子輕輕嘆口氣，外衣下的手移到胸前，握住從脖子垂掛下來落在單衣上的香包，閉上了眼睛。

當死靈逼向她時，她在心中呼喊了昌浩的名字，結果，昌浩真的來了。

昌浩就是這樣，一次又一次救了她。

但是，總不能老依靠昌浩，她希望自己也能做些什麼。

她雖然有通靈能力，卻不知道如何運用。她不敢冀望自己可以像晴明或昌浩那樣學會陰陽術，但是，希望多少能幫上一點忙。

閉著眼睛這樣思索著，意識就沉入了睡眠的大海中。

✖　✖　✖

彰子突然張開眼睛，發現自己坐在外廊上。

正值黃昏時刻，被染成暗紅色的天空，逐漸披上了深藍的外衣。

『怎麼會這樣……？』

她驚訝地環視周遭，發現了異狀。

建築物變漂亮了。明明飽受風吹雨打，長久無人居住，看起起來卻像有定期整修般，清新亮麗，完全沒有晦暗的感覺。外廊擦得發亮，板窗和木門上的紋路也清晰可見。眼前那片庭院沒有滋生任何多餘的草木，整齊栽種著當季的花草。宅院的圍牆也沒有任何破洞，雖然又髒又黑，但只給人歷經過漫長歲月的感覺。

她看到一個年輕人站在牆外。年紀大約二十歲出頭，外貌溫和，好像在看什麼耀眼的東西般瞇著眼睛，神情非常專注。

彰子循著他的視線望過去，看到整理得漂漂亮亮的西對屋掀起了板窗，竹簾後面坐著一個人。

由鮮豔的外衣來看，應該是位花樣年華的女性。她把手伸向身旁的琴，彈了起來。

優美的音色源源不斷，隨風遠遠傳送。

彰子把視線拉回到年輕人身上。

年輕人低著頭，好像看著手上的東西。由於被牆遮住了，彰子看不見，心想會是什麼呢？

年輕人似乎沒有看到她，她覺得他應該是看不見她。

她很想知道他手上拿著什麼，就站了起來。

當天色逐漸轉暗時，年輕人把手上的東西拿到嘴邊。接著，從風中傳來樂音。

琴音戛然而止，取而代之的是年輕人吹奏的橫笛樂音，不絕於耳。

突然，視野轉暗。再回過神來時，她身在建築物中，在那間西對屋裡。

燈台的燈火照出坐在琴前的女人的影子，不時搖曳著。

女人喃喃地說：『今晚是約定的夜晚……』

彰子眨了眨眼睛，她看到女人纖細的肩膀微微顫抖著。

『你為什麼沒來呢？』

那個年輕人發誓，會持續來一百天。

——妳是出身尊貴的小姐，我知道我的身分配不上妳。但是，如果我有那麼一點希望，請在第一百天，讓我的笛子與妳的琴合奏。如果妳不介意我是個卑賤的橫笛師，願意接納我，那麼……

『我在等你啊……』

淚水從女人眼裡滑落下來。

起初，她覺得他是個恬不知恥的男人。

雖然家道中落，但她畢竟還是皇親貴族。儘管父母都已辭世，只剩下她和奶媽、幾個家僕孤寂地生活著，她也一直以此為傲。追求她的人，都是為了她的家世而來。他們的身分並不高，而且大多是有正室，身旁還有一堆愛人圍繞的男人。

這之中，只有那個年輕人慎重地寫信給她，並且連續來了好幾次，希望得到她的允諾。

偶爾吹奏的笛音，就像他的心那麼清澄，深深感動了她。

每個晚上，他都只是來、再回去，誠實地、專情地履行他的誓言。

今晚就是第一百天了。

『你不是要我的琴跟你的笛子合奏嗎？』

在最後的最後，他違背了他的誓言。

——你是在玩弄我的心嗎？

✦ ✦ ✦

在元旦黎明前回到家的昌浩，立刻衝進了祖父的房間。

『爺爺，我有件事要問您。』

將手肘抵在矮桌上睡得正熟的晴明，被昌浩的聲音吵醒了。

『嗯……？』

晴明半閉著眼睛看昌浩一眼，然後打了個大呵欠。

他嘎吱嘎吱扭動脖子，不悅地喃喃唸著：『唔……到這把年紀，不太能熬夜了。我要做的事已經夠多了，現在還有根本不必來的賀客說要來拜年、一堆混帳傢伙說新的一年希望我幫他們看今年一整年的相、一堆蠢蛋要我去幫他們消災解厄，真受不了。』

因為睡眠不足，所以滿腹牢騷。什麼混帳傢伙、蠢蛋，要是被那些貴族聽見，一定會氣死。

嘀嘀咕咕抱怨了大半天後，晴明才轉向孫子，叫他坐下。

看到昌浩在自己面前正襟危坐，晴明趕緊挺直了上身。禮儀還是不能少。

『新年快樂。』

『今年也請多多指教。』

行禮。

彼此雙手著地低頭行禮後，進入了主題。對了，小怪只坐在一旁觀看。

『爺爺，現在彰子藏身的宅院是不是發生過什麼事？』

晴明瞇起了眼睛。

『沒有啊！我怎麼可能把彰子送去那種地方避難。』

昌浩與小怪面面相覷，原來爺爺真的不知道。

『可是有個女鬼依附在那間宅院裡的琴上，差點攻擊了彰子。』

『什麼？』

這種事可不能等閒視之，原本漫不經心的晴明，表情驟變。

『不是有玄武、天一跟著她嗎？他們在做什麼？』

小怪回說：『他們是在啊！可是玄武的結界是用來防止外面的妖魔入侵，並沒有把原本就住在裡面的東西考慮進去。』

總不能把原本就住在裡面的小妖們統統消滅。為了讓它們可以自由行動，不要影響到它們的生活，做了特別的考量，卻給自己帶來了麻煩。

『昌浩已經罵過他們，你不要再責怪他們，否則他們會很沮喪。』

聽到小怪這樣的結論，晴明露出沉重的表情，雙臂環抱胸前，怪自己派錯了人。可是，派朱雀去有點擔心，派白虎去又怕他不夠細心，青龍就更不用說了。六合必須跟著昌浩，所以不在考慮範圍內，至於太陰……想都不太敢想。

『彰子還沒見過天后、太裳，所以我擔心派她們去，反而會讓她不自在。』

昌浩和小怪點點頭表示同意。

『派誰去不重要，問題在於那座宅院發生過什麼事，爺爺，你真的不知道？』

『那座宅院到底從什麼時候開始沒人住了？』

晴明撫摸下巴，思索著兩人的問題，說：『那座宅院的主人是某個公主的後代，因為失去後盾而沒落了，最後一個公主年紀輕輕就死了。失去主人的家僕找到工作後，也一個個離開了。就只是這樣，並沒有發生過什麼事。』

昌浩傾身向前問道：『那位公主的死因是什麼？』

是被殺？還是跟妖魔有關的不明死因？

晴明搖搖頭說：『是大約三十年前，死於當時流行的傳染病。』

此後，無人居住而逐漸荒蕪的宅院就成了小妖們棲息的地方，直到現在。

『雖是小妖，據說有它們棲息也能防止宅院殘敗。京城裡有很多無人宅院，但是，新的地方大多被盜賊竊據成了巢穴，沒有盜賊的地方又幾乎都有問題，所以……』

只有那個地方破舊得恰到好處，又可以避人耳目。

昌浩沮喪地垂下肩膀。

『唉……那地方是還好，可是，為什麼會依附在那把琴上呢？』

昌浩雙臂環抱著胸前，在他身旁一樣將前腳環抱胸前的小怪，嚴肅地說：

『我覺得一定發生過什麼事。晴明，你有沒有什麼線索？』

再問也沒有用，晴明不知道的事就是不知道。

占卜或許比較快，但是，女人的身分不明，占卜結果和事實可能會有極大的差距。

一時之間，三個人都眉頭深鎖。

基於剛才所說的理由，要把彰子移走，也沒有候補的地方。從今天起，會有很多賀客來安倍家拜年，安倍家又沒有購置其他房子的奢侈能力。

左大臣家就有分佈各地的別墅、山莊，但是，左大臣家的大小姐現在應該身在後宮，所以，彰子如果出現在那些地方會引起大騷動。

他們真的無計可施了。

晴明沉重地嘆口氣說：

『只能讓彰子住在那座宅院了，不過，應該可以跟大家一起吃七草粥⑬……』

『這樣啊……』

昌浩點點頭，顯得憂心忡忡。

『連爺爺都不知道，該怎麼辦呢？』

他摘下一直戴在頭上的烏紗帽，順手解開髮髻，來回抓著頭。用手隨便梳幾下後，把頭髮綁在脖子後面。

『要驅除她很容易，因為她沒什麼惡意。』

『嗯。』

『只是彰子說希望能幫她做些什麼……』

『喔，彰子嗎？』

晴明用頗有含意的眼神看著小孫子。小怪察覺到那個眼神，視而不見地甩著尾巴。

晴明看到小怪抖動長耳朵，頻頻點頭的樣子，又嗯嗯地點起頭來。

完全處於狀況外的昌浩，訝異地交互看著祖父和小怪。

『怎麼了？』

『沒什麼、沒什麼，既然彰子這麼說，當然要想想辦法啦！該怎麼做呢？』

這時候，一直保持沉默的六合，用沒有抑揚頓挫的聲音插嘴說：

《何不去問問熟知當時狀況的傢伙？》

『咦？』

昌浩不由得回過頭看，隱形的六合瞬間現身，缺乏感情的黃褐色眼睛看著昌浩，淡淡地說：『棲息在七条附近的傢伙，應該還記得大概的情形。』

睡眠不足會使思考迴路變得遲鈍。

黎明前，昌浩和小怪搭乘車之輔，從富小路南下。

昌浩不知道還好，連晴明都不知道，就很稀奇了。

『小怪，你為什麼沒察覺呢？』

昌浩抓抓小怪的頭，小怪甩開他的手說：『因為我根本不在意那個女人的來歷，是你想實現彰子的願望協助那個女人，我才想幫你這個忙，如此而已。』

『連爺爺都忘了那件事，也難怪我們沒察覺。』

『沒錯沒錯。』

他們勉強說服自己後，抬頭看著天花板。隱形的六合正神色自若地坐在車之輔的車篷上，他從來不坐車內，車篷儼然成了他的指定席。

車之輔內部的空間，坐兩個大人就有點嫌窄了。昌浩、小怪再加上隱形後體格還是很高大的六合，就會有點擁擠。

藏身的宅院就在進入七条附近的小路後沒多遠的地方，詢問附近居民，說不定可以得到一些消息。

這裡所說的『附近居民』並不是人類，而是活得自由自在的小妖們。人類有一定的壽命，有很多事也都埋在記憶深處遺忘了。但是，小妖們基本上都很無聊，難得遇到有趣的事，大多會記得很久很久。

車之輔放慢了速度。昌浩和小怪等車子完全靜止，才從車子前方下來，向載他們的車之輔致謝後，讓車之輔離去。

天快亮了，小妖們的活動力也減弱了。太陽完全升起後，就很難找到小妖了，希望現在還能遇到幾隻。

昌浩想了一會，突然靈機一動，用手指吹出哨音，犀利的聲音劃破了寒冷的空氣。

不久後，有個身影從牆壁後探出頭來。

『喲！這不是晴明家的小朋友嗎？』

盲蛇吃力地將全身盤捲在牆壁上，斜眼看著昌浩和小怪。

『有什麼事嗎？我正要回巢穴窩著呢！有事快說吧！』

『對不起，想請教一件事。』

簡單扼要說明來意後，盲蛇偏頭低聲說：

『我已經沒什麼用了……對了，付喪爺說不定知道，你等一下。』

盲蛇說完，扭曲著身子不知道哪去了，隔了一會才跟另一隻小妖出現。

『什麼事？』

這隻小妖看起來像斜掛在夜空中的半月，殘缺處有張走樣的臉，圓圓的眼睛裡有小小的瞳孔，從本體直直伸出兩隻細長的腳。

『原來你說的付喪爺，就是付喪神⑭啊！』

這個付喪神是擁有自我意識的殘缺鏡子，對著感嘆的昌浩說：

『怎樣樣？沒事的話，我要走了。』

『啊，等一下，如果你知道，希望你能告訴我……』

昌浩把剛才告訴盲蛇的內容又大同小異地說了一次，付喪爺瞇起眼睛搜尋著記憶。

『……總不會是竹笛君與琴公主的事吧？』

那是令人感到心酸的故事。

聽付喪爺的語氣，好像會說很久。

昌浩和小怪互看一眼，吆喝一聲就把付喪爺抱起來，帶到比較少人往來的小路上的樹蔭下。

『太沒禮貌了，改天我要向晴明告狀。』

『是、是，請繼續說。』

蹲著的昌浩和坐著的小怪，表現出傾聽的模樣，付喪爺才開心起來，乾咳了幾聲說：『那麼，從頭說起。那是很久很久以前的事了，對我們來說只是轉眼之間的事，對人類來說卻有三十年那麼遙遠了。』

大致來說，內容就是這樣。

很久以前，有個雅樂師愛上了繼承皇親貴族血統的美麗公主。雅樂師的地位不高，但是他發了誓，表示自己的誠意。

『他說他會連續來一百天，吹笛子給公主聽。因為他是橫笛師，所以我們都叫他竹笛君。』

而琴公主彈得一手好琴，經常彈奏美麗的樂聲。小妖們對人類的名字沒興趣，但是沒有稱呼不方便，所以隨便替她取了個名字，就這樣叫習慣了。

『但是，就在約定的那天晚上，竹笛君卻死於非命。』

『咦？』

『難道是被捲入宮中的陰謀，悲慘地死去？』

『或是音樂才能遭忌，被同事陷害了？』

《──》

隱形的六合好像有什麼意見，低頭看著你一言我一語的昌浩和小怪。雖然沉默，小怪卻可以強烈感覺到那樣氣息，所以抖動耳朵，瞥了一眼背後的六合。

『不，沒那麼恐怖，那只是意外。』

那一天，京城裡鬧烘烘的。新的一年開始，每個人都歡欣鼓舞，喝著屠蘇酒⑮，笑得非常燦爛。

付喪爺也跟同伴們在京城遊蕩，湊巧目睹了事發現場。

『某個貴族的牛車走在路上時，竹笛君正好匆匆從牛車旁經過。』

那一天，他在宮中宴會上演奏。本打算工作結束後就趁早退出皇宮，但是被同事拉住了。他好不容易躲開勸酒的同事離開皇宮時，已經深夜了。

他很焦躁，如果今天沒去七条的琴公主那裡，就違背了他的誓言。他等不及把橫笛收進袋子裡，就拿在手上快步往京城南方走去，結果遇上了悲劇。

『牧童大概是喝了賀年酒，喝得醉醺醺，車軛上用來綁牛的繩子鬆掉了。』

牛受到周遭高亢氣氛的刺激，興奮起來，甩開鬆掉的繩子失控狂奔，撞上正好經過附近的竹笛君。被牛角頂起來的他，在驚慌失措中被重重摔落地上，就那樣被撞到要害而死了。

沒有人知道他每天去琴公主那裡，所以，琴公主一直不知道他沒到的理由，不久後就得了流行的傳染病，也死了。

『我覺得人類的命運，有時會滑稽地擦肩而過，這就是最好的例子。對了，那時候死去的竹笛君就是他。』

鏡面浮現人影。

昌浩和小怪看到時，不約而同地驚叫了一聲。

就是昨天晚上在藏身的宅院旁看到的那個年輕人。

7

元旦的宮中活動連續不斷，所以昌浩今天可能不會來了。

彰子有事想跟他商量，可是知道他很忙，不能太依賴他。

多麼晴朗的一天啊！很適合一年的開始。清澄的天空高爽蔚藍，去年的煩憂彷彿都被冰冷的風一掃而空了。

彰子坐在西對屋的琴旁。因為開著板窗，讓光線和風進來，疏通了沉澱的空氣，室內彷彿被清爽的寒氣清洗過。

她把視線轉向琴的另一端——陽光照不到地方，看到昨晚那個女人還低頭端坐在那裡。

等待的人沒有來，所以流著淚彈琴的女人緩緩抬起頭來，目不轉睛地看著彰子。

『……』

不管怎麼豎起耳朵專心聆聽，微弱的喃喃細語還是沒聽見就消失了。所以彰子主動問她：『妳是不是有事想拜託我？』

女人點點頭，伸出蒼白的手指想碰觸琴弦，但是直接穿透了琴弦。

『……我……』

請代替我彈琴。

『彈就行了嗎？』

彰子知道吹笛子的年輕人，因為她昨晚夢過。

悲哀地看著這間西對屋的年輕人，曾發誓過要連續來一百天，卻不知道為什麼沒有完成誓言，從此消失了蹤影。

女人責怪自己，應該早點回應他，應該早點讓自己的琴聲與他的笛聲和鳴。如果兩人的心也因此相結合，說不定就不會遭到這樣的背叛了。

讓妳的琴聲與我的笛子合奏——

她怎麼也忘不了這句話。

因病香消玉殞的她，再也碰不到琴弦。彰子和昌浩聽到的弦聲，是殘留在她心中的絕望樂音。臨終時留下這麼悲戚的樂聲，讓她痛徹心扉。

『……』

如果他再出現，請代我彈琴，我希望能把我的心意傳達給他。

這是只留下這分心意的我，最後的願望。

女人的身影化作一縷輕煙消失了。

彰子憂傷地看著哀痛的心所依附的琴。

應該是自己喚醒了她長久以來沉睡的心，所以，自己必須完成她所託付的心願。

宮中活動告一段落後，昌浩就溜出了皇宮，但是，申時已經過了大半，天空開始染上黃昏色彩。

雜事堆積如山，他是再三央求上司才出來的。從明天起，絕對沒得休息。

『哇，對不起，真的很對不起。』

昌浩往家裡的方向全速奔跑，在他旁邊輕輕甩動耳朵和尾巴，跟他一起奔跑的小怪說：『你不是要去七条嗎？』

『嗯，要去，可是去之前要先拿一樣東西。』

據付喪爺說，竹笛君被牛摔出去時，弄丟了心愛的橫笛。可能是有人趁亂撿走了，也可能是折斷了。不管怎麼樣，年輕人為了實現對琴公主的誓言，一定需要笛子。

據付喪爺說，每年除夕夜的御魂祭，年輕人都會回來這裡尋找遺失的笛子，但是，怎麼樣都找不到，不知如何是好，就在那座宅院前茫然地佇立好一會，然後消失不見。

『所以我想要先做好準備。』

原來如此，小怪點點頭，跳上昌浩的肩膀。

『可是，昌浩……』

『什麼事？』

昌浩看小怪一眼，小怪半瞇起夕陽色的眼睛說：『你準備了笛子，要給誰吹呢？』

『那當然是……啊嗯……』

昌浩說到一半，開始支吾起來。

沒有實體就不可能吹奏樂器，他並不排斥把自己的身體借給對方依附，但是有一個問題。

那就是他吹奏橫笛的本事，只到能吹出聲音的程度。

昌浩從唐櫃裡挖出很久沒拿出來過的包著橫笛的布包後，難得戴著烏紗帽就出門了。身上穿的也是特別為新春訂做的直衣。

『今天是吹什麼風啊？』

小怪瞪大眼睛看著他，他用橫笛敲敲肩膀說：

『沒有啦！我想這種場合還是穿得正式一點，心情上會比較好吧？』

『嗯，說得也是啦……』

既然這樣，去找彰子時，也打扮得體面一點嘛！

昌浩總是在緊要關頭反應不過來。

兩人搭乘車之輔橫越逐漸轉暗的京城，在七条附近下車。

『需要時再叫你，拜託你了。』

車之輔像平常一樣垂下車轅回覆，暫時散步去了。

沿著走過好幾次的道路向前走，就看到了虛弱、沮喪的年輕人。

竹笛君發誓的最後一晚，就是三十年前的元旦。宴會結束後，他匆匆趕往琴公主府，結果中途喪命了。

昌浩把笛子的布包夾在腋下，整頓呼吸，拍了拍手。

年輕人停下腳步，回過了頭，看來似乎是現在才發現有其他人在。因焦慮與絕望而憔悴的臉龐，還殘留著些許他本性中的溫和。

昌浩雙手結印，低聲唸起神咒。

天一黑，寒氣就增強，冷得刺骨。

彰子摩擦冰冷的手指，從敞開的板窗望出去。

琴已經移到靠近外廊的地方，她只靠著燈台微弱的光線，把手放在琴上，做了一個深呼吸。

真的很久沒彈琴了，她懷疑自己能不能彈得跟琴公主一樣好。

她把手移到胸前，握住衣服下面的香包。

抿起嘴巴，靜下心來，開始彈奏夢中聽到的曲子。

顫抖的音色重重疊疊，編織成美麗的旋律。手指比想像中更不聽使喚，彰子使出了渾身解數。

坐在她後方的天一和玄武，靜靜傾聽著樂聲。

神將們沒有碰觸過樂器，也沒什麼興趣，但是，美麗的音樂會深深打動人心。

閉目聆聽著音樂的玄武，耳朵捕捉到踩過枯草的鞋聲。
他半蹲下來尋找聲音來源。但是一確定入侵者的身分後，又沒事似的閉上了眼睛。
不久後，配合琴的音色，響起了橫笛的樂聲。
彰子一陣愕然。她感覺到女人依附在琴上的心，歡喜得跳躍起來。
不絕於耳的笛聲，在夜空中繚繞，那是彰子從來沒聽過的優美演奏。
彈到最後一弦時，她知道女人被囚禁的心從此解脫，離開了琴。
同時，她看到蒼白的手從黑暗中伸出來，是那個在牆外哀傷地望著西對屋的年輕人。
『我等你好久了……』
女人總是流著悲歎淚水的臉龐，第一次露出笑容。原本哭喪著臉的年輕人，看到她那樣的表情而笑了起來。
『是啊、是啊……真的讓妳等太久了。』
跟年輕人手牽著手的女人，一度回過頭來，微微向彰子行注目禮後，身影就被迷濛的燐光包圍，逐漸消失了。
笛聲中斷。
兩人的靈魂就像以此為出發信號般，去了遙不可及的地方。

望著黑暗好一會的彰子，站起來走到外廊。
穿著直衣的昌浩，正抱著一邊膝蓋坐著，仰望著天。旁邊的小怪也跟昌浩一樣，抬頭看著天空。
彰子在小怪的另一端坐下來，跟他們一樣追逐星光。
『他們去哪了呢？』
『他們會一直走、一直走，渡過河川。我聽爺爺說，會有船來接他們。』
那是自古流傳下來的黃泉之旅。
『心中還有眷戀，不肯渡過河川的人，就會在御魂祭時回來。』
『那麼他們一定不會再回來了。』
『嗯，應該是。』
聽著兩人對話的小怪，悄悄往後移動，移到玄武他們待命的地方。
『喲，怎麼了？』
『我可不想被馬踢⑯。』
聽到小怪說話的語調，天一噗哧笑了起來。
玄武也一副完全同意的樣子，猛點著頭。

『可是天氣這麼冷，沒必要去坐在外廊上吧……』

『如果你現在有勇氣去跟他們說這種話，就去吧！』

『饒了我吧！』

『我也不要。』

昌浩和彰子完全不知道神將們正悄悄談論著他們，繼續聊著無關緊要的話。

彰子突然看到昌浩手中的笛子，不解地問：『昌浩，剛才吹笛子的人是你？』

『不是我，是依附在我身上的竹笛君，他不愧是橫笛師，吹得太好了。』

昌浩深感自己完全沒有那種風雅的才能，怎麼樣都不可能比得上他。

彰子眨眨眼睛，心血來潮地說：『對了，昌浩，你吹吹看。』

『咦？』

昌浩發出驚叫聲，偏過頭去，看到彰子正開心地雙手交握著。

『我好想聽喔！你之前答應過我的。』

『咦?!咦……啊！不，嗯，我是答應過妳。』

要在剛才的完美樂聲之後，做極不成熟的演出，讓他覺得自己在這一瞬間是全世界最不幸的人。

彰子的眼中閃爍著期待的光芒，他只能硬著頭皮吹了。

臉在笑、心在哭的他，勉強拿起了笛子。

經由眼角餘光，他看到好幾個身影陸陸續續出現在主屋的外廊上，這才想起沒帶說好的糯米餅來給它們。不難想像，它們一定會壓扁他，不斷逼問他什麼時候拿來，所以，他想過這幾天得做好準備，但是想歸想，卻一直在逃避現實。

小怪聽到吹出來的笛聲，張大了夕陽色的眼睛。

『喲……這聲音……』

昌浩的能力應該只到能吹出聲音的程度，現在聽起來卻很悅耳。

他自己似乎也暗自訝異，邊注意手指不要按錯，邊揚起眼睛望向天際。

八九不離十，這應該是竹笛君留給他的禮物吧？

他看看彰子，彰子正閉著眼睛聽得入神。

『……』

嗯，也好啦！

昌浩感恩地收下禮物，繼續吹笛子。

風如此淒冷，心卻因滿滿的柔情，溫暖和煦。

任思緒徜徉在三十年來的幻夢中，餞別的樂聲融入了夜空裡。

小怪的陰陽講座

①天文生是協助天文博士觀測天象並學習天文的學生。

②陰陽寮裡，除了最上層的長官陰陽頭之外，另設置有陰陽博士一人、陰陽師六人、天文博士一人、曆博士一人及兩位漏刻博士。昌浩的父親安倍吉昌是天文博士。

③追儺是日本人除夕夜撒豆子驅鬼的儀式。

④對屋是指在主屋東、西側或後方的其他房間。

⑤御魂祭是日本年初或中元節祭祀祖先的儀式。

⑥強飯是用舊式蒸籠蒸熟的米飯，比較沒有黏性。

⑦三日夜之餅：平安時代，男女雙方在婚禮後仍各自住在自己家中，男方晚上會至女方家過夜，早上回家，直到第三天晚上舉行『三日夜之餅』儀式，夫妻在女方家吃完慶祝的糯米餅後，婚姻關係才算成立。

⑧貝合道具是平安時代的遊戲，將三百六十個蛤蜊的左右殼拆開，右殼稱為『地貝』，左殼稱為『出貝』。將地貝統統蓋在地上，然後逐一將出貝拿出來，再選出與出貝配成一對的地貝，配成對最多的人就贏。後人在貝殼裡畫上畫，或是寫上詩詞的上下句來玩。
⑨『和琴』是一種日本的弦樂器，全長約一．九公尺，有六弦，又稱六弦琴。琴是中國的弦樂器，全長約一．二公尺，有七弦。
⑩指貫是搭配直衣或狩衣的和服褲裙。
⑪鳴弦是一種咒術，拉彈弓弦使其發出聲音以驅逐妖魔。
⑫鎮尺就是鎮壓紙張或書籍的文具，多以銅、鐵、玉、石等重物製成，又稱為『鎮紙』、『書鎮』。
⑬七草粥是放入春天的七種花草所煮成的粥，日本人在一月七日會吃這種粥，傳說可除百病。
⑭付喪神是歷經漫長歲月後，有了靈魂而成精的古老家具或日用品，如：古傘、古鏡等。
⑮屠蘇酒是加入一種『屠蘇散』的酒。喝屠蘇酒本來是中國過年時的一種風俗，後來傳到韓國和日本，也成為他們新年時不可或缺的一項習俗。
⑯『我可不想被馬踢。』：小怪說的這句話出自日本諺語——妨礙別人的戀情會被馬踢。

玉帚掃千愁

進入冬天，被雪封閉的貴船，在那幾個月會成為無人聖域。

人們在這裡建立神社，平常有禰宜、宮司常駐，舉辦託宣①、參拜等儀式。但是，坐鎮在這座山裡的貴船祭神高龗神，對這種事其實有點不耐煩。

神不會干預人類。缺雨的年頭，人類許願祈雨，祂高興了或許會降些雨，但那僅止於心血來潮的範疇內，對人類沒有絲毫的溫情或憐憫。

皚皚飄落的雪花，難得不再下了。層層遮蔽天空的雲也散去，滿天星星閃耀著。

風一吹過，就會從貴船某處傳來樹上積雪掉落的聲音。除此之外一片靜寂的冬天季節，是祂的最愛。

貴船深處有個禁止任何人進入的禁地，高龗神就單腳盤坐在那裡的岩石神座上，手肘抵在腿上閉目養神。

寂靜無聲。

風吹過，積雪落地。在這個季節，祂只允許這樣的聲音污染自己的耳朵。

突然，緊閉的眼睛張開，露出清泉般的深藍色雙眸。

高淤的臉上帶著些許厲色，不悅地凝眸注視，站起身來。

神的身影從神座上消失，在純白的雪地上拉出又大又長的影子，緩緩飛向天空——貴船的祭神是龍神。

祂正在享受難得的幽靜，卻被人類打斷了，人類就是這麼不知趣。

一個男人無聲地在不斷堆積的新雪上前進，不可思議的是，他走過的地方沒有留下任何腳印。

穿著銀灰色的狩衣，搭配腰身比指貫狹窄的狩袴②，這是最方便行動的裝扮。

年紀約二十歲上下，沒有梳髮髻，頭髮在頸後紮成一束，各留一撮垂落在兩耳前。沒有戴烏紗帽，因為他覺得不必在意外表，而且礙手礙腳。

可以的話，他希望永遠不要戴烏紗帽，但那是不可能的事。所謂規矩，有時是很可笑的東西。

優閒地走著的他，看到目的地時發出了嘆息聲，因為比他想像中多花了一些時間。

踏入被雪裝扮成純白色的貴船正殿區域內，站在深處的船形岩石前，他數了一會時間。

風徐徐吹過，那是前奏。

船形岩石上空捲起驚人的強烈神氣，瞬間收縮起來。

化為人身降落的高淤神，用冰冷清澈的深藍雙眸瞪著貿然來訪的客人。但是，被瞪的一方顯得老神在在，毫不在乎地笑了起來。

『有事嗎？安倍晴明。』

高淤神用渾厚低沉的聲音問。晴明還是泰然自若地說：

『有人送我一瓶好酒，所以我特別獻上，以感謝祢平常的照顧。』

高淤挑動柳眉往上揚。晴明高高舉起帶來的瓶子，表明自己沒有說謊。他是在瓶口綁了繩子，提著來的。

『算了……就原諒你吧！』

祂坐在岩石上，動動下顎，示意晴明爬上來。

晴明一派輕鬆地笑笑，沒有助跑就跳上去了，不像人類的動作。

『你就不要再騙人說你是人類啦！』

晴明苦笑說：『高龗神，祢明知道這個身體不是實體。』

安倍晴明是高齡八十的老人，被奉為曠世大陰陽師，可以隨心所欲施行各種一般人做不到的超越極限的法術。

實際年齡八十，外表卻只有二十歲上下，是因為他使用了靈魂出竅的離魂術。

跟神面對面坐著，是很難得的經驗。晴明把瓶子放在岩石上，從懷裡拿出包在白紙裡的酒杯。

『準備得真周到呢！』

『難得嘛，來喝賞雪酒吧！』

高淤揚起嘴角說：『你不過是個人類，膽子卻不小。』

高龗神不是很重視人類祭拜的供品，因為也不是真的會去吃。但是，把祭拜過的東西拿回去吃，對人類來說具有特別意義。

人類會在神的預期之外，想盡各種辦法得到神的恩惠。

高淤接過晴明手上的酒杯，看一眼杯中的酒，微微瞇起眼睛說：

『不跟你開玩笑了……你的天命應該差不多了吧？』

晴明眨眨眼睛，與外貌不相稱的深沉眼眸不露聲色地動了一下。

他忽然凝視著高龗神，然後淡淡笑著說：

『人類的身體很脆弱，所以應該快到時候了吧！』

『剩沒多少日子了吧？以人類來說，你算長命了。』

『神啊，我現在還活著呢！』

『沒差多少吧？』

『差很多，我還不能丟下那小子不管。』

高淤放下了酒杯，換晴明往自己杯裡倒酒，一口喝乾了。

這是左大臣家送的酒，口感、味道極佳。他也可以在家跟兒子對飲，但是想到最近受高龗神照顧頗多，就趁家人統統睡著後溜了出來。

他的小孫子也經常做這種事。

想到這件事，晴明不禁眉開眼笑。

其實小孫子溜出去時，晴明都沒睡覺，等他回來。部分知道實情的神將，不是莫可奈何，就是擔心他或嘲笑他，反應各不相同。

那小子還是個菜鳥，不太靠得住，必須隨時盯著。要說是過度保護，他的確也有這樣的自覺。但是，他還是想繼續守護著他成長。

有時，他會想起很久以前去世的妻子，長得最像她的就是那孩子。

敲彈酒杯的聲音拉回了他的思緒。

貴船祭神在他面前晃了晃空杯子。

『哎呀！失禮了。』

『你果然年紀大糊塗了。我覺得你最好不要再把自己困在人類當中。』

晴明困惑地皺起眉頭。

安倍晴明身上流著異形的血，大多數人以為這是流言，其實，這些來歷不明的耳語都是事實。

他的母親在他懂事前就不見了蹤影，那個母親是異形。

因為母親的遺傳，他與生俱來的力量遠遠凌駕人類，是人類身體無法負荷的力量。只要使用方法錯誤，也可能成為毀滅自我的利刃。

高龗神就是暗指這一點。

『我也不想把自己困在人類當中……但是，我還是會跟人類一樣壽終正寢，渡過河川到黃泉之國，所以我想我最好還是繼續與人類為伍。』

高淤喝下晴明倒的酒，露出不屑的神色說：『你擁有那樣的力量，卻是個怪咖。』

晴明只能苦笑。

自己體內的異形之血，究竟會遺傳到什麼程度呢？他在自己的孩子身上，都沒有看到這樣的徵兆。

長子的孩子、次子的孩子也都沒有顯現這樣的遺傳，直到隔了很長一段時間後才生下來的最後一個孫子。

他一眼就看出來了，只有這個孩子，繼承了他母親的血統，生來就擁有人類身體無法承受的力量。總有一天，這孩子會跟他一樣，為這個遺傳煩惱、吃盡苦頭。

在那之前，自己能否保有天命呢？

天命是大自然的哲理，不能違背，但是晴明還是殷切期盼。

沉默下來的晴明，又聽到敲彈酒杯的刺耳聲音。

他慌忙抬起頭來，看到高淤正傾側著身子，半無奈地瞪著他。
『太煩惱，皺紋會增加喔！』
『現在就已經夠多了。』
晴明不以為意地回應，高淤看看酒杯，半瞇起眼睛說：
『你獻上了好酒，應該是想從我這裡得到什麼吧？』
『這個嘛……』
被說中了，晴明無言以對。
高龗神打斷他的話，冷冷地撂下話說：『你以為神會滿足人類的願望嗎？』
話中有著不容反駁的氣勢，晴明回以沉默。
一時之間，兩人無言地喝著酒。足夠兩人喝的酒，很快就空了。
晴明不是實體，高淤是神，都不會喝醉，只是盡情品嘗了酒的美味。
晴明開始收拾放在岩石上的酒杯，高淤搖搖手制止他說：『我不打算滿足人類的願望，但是，那傢伙很有趣。』
他揚起嘴角，又對表情驚訝的晴明說：『在我還覺得有趣期間，我會多留意他。不過，視他的心性而定，不要忘了夢想。』
還有，以人類的酒來說，很久沒喝到這樣的美味了。你告訴貴船的宮司，以後起碼要準備這樣的酒作為供品。

神說完便站起來，無聲地飛向天空，消失了蹤影。

阻斷風的神的通天力量解除了，風開始流動，呼嘯而過。

剎那間，稀疏的雪花從晴朗的夜空飄落下來。

『——』

晴明望著高淤揚長而去的天空一會兒後，閉上眼睛，深深低下了頭。

恍如掃去塵埃般澆去憂愁。

因而，酒亦稱為玉帚。

小怪的陰陽講座

①託宣是請示神諭的意思。

②指貫是可以上清涼殿的公卿貴族搭配狩衣的和服褲裙，不能上清涼殿的人就搭配狩袴。

後記

第八集是《少年陰陽師》的第一次番外篇。說不定有人是從這本開始看，那麼請放心，絕對不會有問題！

再次問候大家，大家好，我是結城光流。這次的後記篇幅也很少，所以容我馬上進入主題。

〈吹散記憶迷霧〉……《少年陰陽師》系列的主角安倍昌浩與搭檔小怪，兩人的初登場是在這篇文章的前身〈少年陰陽師十三歲?!〉中。這是為了配合電影『陰陽師』上映而發行的雜誌《陰陽師》上所刊載的故事，是一切都從這裡開始的值得紀念的故事。這次為了做全面更新，重讀當時的原稿，痛苦得幾乎昏厥（苦笑）。讀完這篇後，再去看第一集《異邦的妖影》，說不定會很有趣。剛開始，昌浩就是這麼怕妖魔鬼怪，現在成長了很多。

〈追逐妖車軌跡〉……這是刊登在雜誌《The Beans》（簡稱『The B』）上的少年陰陽師番外篇，時間大約是在第三集與第四集之間。出乎意料之外非常受歡迎的妖車車之輔，已經成了主要人物（？）之一，但是，我還想給它更確定的位置，所以產生了這個故事。我想大家也看出來了，我非常喜歡可愛親人的怪物、小妖們。對風音篇裡的烏鴉嵬，我簡直是愛到不能自拔。就整體來看，這本第八集中，小怪出場的比例增加了百分之三十（與本出版社相比），所以，現在大家知道我有多喜歡小怪了吧？咦，早就知道了？

〈夢的鎮魂歌〉……少年陰陽師系列第一次出現了不是命令形的標題！時間大約在第五集到第六集之間。起初，是以『不死之夕顏』①為故事目標，卻不知不覺寫成了『小野小町與深草少將』②……N崎，我們的目標『不死之夕顏』到底是怎麼樣的故事呢？現在成了誰都看不懂的虛幻故事了。昌浩與彰子偶爾會有這樣的情節，所以兩人之間的關係好像逐漸有進展了。

〈玉帚掃千愁〉……喔，又一個不是命令形的標題！目標是『高淤和爺爺之暢飲』，應該是有達到目標吧？裡面不乏在番外篇中通常會寫到的配角們的台詞……不過，我有點懷疑，高淤和爺爺真的是配角嗎（笑）？爺爺喜歡三更半夜偷偷溜出去的本性，完全遺傳給了昌浩呢！

為了符合番外篇的形象，封面、插圖都走柔和、沉穩、恬靜的路線。啊！真的好可愛，如果可以永遠這樣笑該多好。咦？把種種波折的命運硬塞給他們的人就是我？哈哈哈！說得也是（笑）。

下一集會回到主題故事，他們將迎接怎麼樣的命運呢？敬請期待。

對了，這集出版沒多久後發行的雜誌《The B2》也有少年陰陽師番外篇，請各位也要捧場喔！《The B2》還有あさぎ櫻全新創作的《少年陰陽師》漫畫版。啊！好期待～

結城光流

小怪的陰陽講座

①『不死之夕顏』：這是《源式物語》裡的故事，受光源氏寵愛的夕顏，遭怪物攻擊死亡，在能劇中更加以潤飾，描述夕顏的靈魂成佛。

②『小野小町與深草少將』：這是傳說中的愛情故事，描述深草少將連續一百天去找絕世美女小野小町，最後他的誠意終於贏得美人心。

出處

◎〈吹散記憶迷霧〉：出自《月刊ASUKA》二〇〇一年十一月增刊《Comics special》『陰陽師』中的〈陰陽師十三歲?!〉，更改了標題。

◎〈追逐妖車軌跡〉：出自《The Sneaker》二〇〇二年十二月增刊《The Beans》。

◎〈夢的鎮魂歌〉：新作。

◎〈玉帚掃千愁〉：新作。

天狐篇

©Mitsuru YUKI 2004

●書封製作中

玖 眞紅之空

真紅の空を翔けあがれ

救回小怪之後已經過了半個月，昌浩還在出雲國休養療傷。由於之前與宗主大戰耗費心神，導致他的靈力銳減，甚至失去了陰陽師最重要的靈視能力！這時，周遭陸續有人出現異常行為，甚至莫名失蹤……少年陰陽師新單元『天狐篇』懸疑展開！

【2008年9月出版】

©Mitsuru YUKI 2004

●書封製作中

拾 光之導引

光の導を指し示せ

昌浩和小怪終於一起回到了平安京，然而在京裡等待他們的卻是前所未見的衝擊，彰子的同父異母姊妹中宮章子疑似被妖怪附身，晴明則是臥病在床！襲擊晴明的謎樣妖怪與以章子為目標的怪僧聯手，成為有史以來最強大的敵人，使得晴明和昌浩面臨了空前的生命危險……

【2008年11月出版】

國家圖書館出版品預行編目資料

少年陰陽師.捌.夢的鎮魂歌 / 結城光流著；涂愫芸譯. -- 初版. -- 臺北市：皇冠, 2008[民97].07
面;公分. --(皇冠叢書；第3755種 少年陰陽師；08)
譯自：少年陰陽師 うつつの夢に鎮めの歌を
ISBN 978-957-33-2439-3(平裝)

861.57　　97011005

皇冠叢書第3755種

少年陰陽師 08

少年陰陽師——
夢的鎮魂歌

少年陰陽師
うつつの夢に鎮めの歌を

作　者—結城光流
譯　者—涂愫芸
發 行 人—平雲
出版發行—皇冠文化出版有限公司
台北市敦化北路120巷50號
電話◎02-27168888
郵撥帳號◎15261516號
皇冠出版社(香港)有限公司
香港上環文咸東街50號寶恒商業中心
23樓2301-3室
電話◎2529-1778　傳真◎2527-0904
出版統籌—盧春旭
印　務—林佳燕
校　對—鮑秀珍・邱薇靜・丁慧瑋
著作完成日期—2003年
初版一刷日期—2008年7月
初版六刷日期—2014年3月
法律顧問—王惠光律師

讀者服務傳真專線◎02-27150507
電腦編號◎501008
ISBN◎978-957-33-2439-3
Printed in Taiwan
本書特價◎新台幣199元/港幣67元